行政院文化建設委員會 指導

第十二屆現代少兒文學獎獲獎作品

藍天

毛威麟 著

評審委員的話

邱　傑：面對死亡，是一種必要的學習，也是一種可貴的經驗。〈藍天鴿笭〉把鄉土民俗活動寫得很深入，以兒童的生活主軸來穿插故事發展，用筆自然。鴿子力竭而死，和人們以鴿笭來歡娛生活的對比，爲故事留下了更深層的思考空間。

雷僑雲：俗話說得好：「競爭之心不可無，妒嫉之心不可有。」有競爭的心，我們的生命會因此活躍而生動；無嫉妒的心，我們才能在各種

賽程中其爭也君子，讓生命能夠正面高潔地成長。人生在世，莫不期盼成就出立德、立功、立言三不朽的光明人生，但時機或許只有一次，我們必須有萬全的準備，恃吾有以待之。

目錄

紅腳笭的天空（自序）

傍晚時分，一小隊凌空飛翔的鴿群倏地劃空而過，嗡嗡聲破空響起；鴿子與鴿子之間的距離彷彿寸量過似的，又好比是國慶日通過閱兵台的雷虎特技小組，隊伍整齊劃一到不可思議。

主人在鴿舍頂樓用力揮舞長竿紅旗，鴿群時而盤旋時而高飛，鴿笭聲隨之忽遠忽近、忽大忽小；才剛剛消失在天際，剎那間又已躍進眼簾。映照著滿天紅霞，牠們是一群優遊自在卻又默契十足的好玩伴，盡情享受長日將盡的清涼和愜意。

實際上，體型柔和優美的這一群鴿子，是一隊身負重任的小選手，每天要接受最嚴格的訓練，隻隻都是鴿中菁英，牠們是背笭比賽的要角——紅腳笭鴿。

鴿子，牠灰色的羽毛好像敷了粉，看起來粉亮粉亮的，有人叫牠「粉鳥」；又因為牠的腳是紅色的，所以也有人叫牠「紅腳」。沿海地區放鴿笭，當地人通稱「放紅腳笭」；長久以來「放紅腳笭」似乎是沿海地區特有的活動。

相傳在古早古早時候，社會治安不良，海邊經常有盜賊出沒。海邊土地貧瘠，種不了什麼農作物，居民的生活相當清苦，僅有的一點收成如果被狠心的海賊搶了的話，那一年全家大小就只好挨餓受凍了。海賊出沒無常，府衙的官兵又管不到海邊來，這兒的人只好自力救濟，在海邊架設瞭望台，一有動靜馬上將很多背著鴿笭的鴿子放出去；大家聽到嗡嗡聲就知道是海賊來了，馬上準備鐮刀、鋤頭合力抗賊。

又有另一個說法是：沿海地區的人喜歡養鴿子，可是鴿子在天空飛的時候經常受到老鷹的襲擊；聰明的人於是想出在鴿子身上掛個鴿笭，讓飛翔的鴿子發出嗡嗡聲嚇走老鷹。有的鴿笭大，有的鴿笭小，大家在農閒時期相互較勁，於是衍生成村落與村落間的賽鴿笭活動。

不管是哪一種傳說，嗡嗡嗡、嗡嗡嗡的鴿笭聲總會在農曆二月響徹南台灣濱海小村落的天空，古早時候傳承下來的民俗活動依然在此地盛行。比賽的日子裡，一群群背著紅頂鴿笭的笭鴿，笭聲伴隨著鴿影飛越天際。如果不比較鴿笭大小，不在意背負笭數的多寡，嗡嗡嗡的笭聲當如天籟般的悅耳。在如今充斥的電光

聲色中，這一項帶有古意的民俗活動更值得加以提倡發揚。

沿海小村落的每一户人家都喜歡養鴿子，他們也許是因為鴿子可愛而養牠，但是絕大多數的人養鴿子是為了參加比賽，背笭比賽輸贏關係著全村落的面子問題，大家從小就接受這個觀念，不惜一切的發揮團隊精神要為自己的村落爭取榮譽。阿宏為了訓練鴿子意外摔斷腿；為了贏得比賽，他讓小小的斑哥背了大大的鴿笭；斑哥背了大鴿笭飛不過中界線而摔了下來，為什麼要背那麼大的鴿笭，斑哥真的不知道；牠用盡最後一絲絲力氣，只是一心一意要回到主人身邊。故事中的主要角色，除了阿宏、斑哥、李雄和阿福伯之外，令一個著墨甚多的就是黑狗了；後來黑狗的反常舉動，與其說是對斑哥感動，倒不如說是人性的發揮吧！

山上的生活清靜、與世無爭，可以種果樹、抓竹雞、捕松鼠；水庫可以坐竹筏去捕魚。山上的月亮又圓又亮，山上的星星還會眨眼睛；山居歲月就像一部上了發條的老機器，一步一步慢慢往前推進，雖然慢卻有規律，雖然慢卻永不停歇。處在如今紛擾雜沓的環境中，這種優哉遊哉的日子，無疑是令人欣羨嚮往的。

我在教育崗位將近四十年，每天面對著活潑可愛的小朋友，秉持著一股對兒童純真心靈的喜愛，寫著小朋友喜歡的童話和少年小說；持續努力下去！我心裡對自己這麼說。

毛威麟 寫於二〇〇四年六月

1 斑哥，加油！

農曆二月，天氣還帶點兒冷冽的寒意，堤防下幾棵在冬天掉光樹葉的枝枒卻早已悄悄地冒出一抹新綠；風從海的方向吹來，可以嗅出一絲絲鹹鹹的味道。

一片一望無際的田野，田地裡面乾乾的，稻子收割之後留下五六寸長的稻梗都已變成黃褐色，有些田地的稻草被放了一把火燒得留下一處處不規則的黑印記；沒有一塊土地有被翻動過的痕跡，看樣子離耕作還有一段時日。

這是農家難得空下來的閒暇日子。

一條好長的灌溉小溝渠從田地這頭筆直地延伸到那頭，因為現在不是農作物灌溉時期，溝渠中沒有水，任由雜草胡亂地生長著。

小溝渠的這一頭插著一面黃色的旗子，大小樣式就跟競選時滿街飄揚的宣傳旗幟一樣；順著小溝渠延伸的那一頭也插著一面同樣大小的旗幟，顏色是綠色的；這兩面旗幟的連結線剛好將大片田地分成兩邊，小溝渠儼然是天然形成的中界線。

旗幟被風吹得颯颯作響，旗竿不住地抖動，仔細一看，黃色旗子上印著：頂洲里紅腳會；綠色旗子則印著：紅茄里紅腳會。旗幟右上角還印著一隻鴿子背箸飛行雄姿的圖案。

現在，小溝渠兩邊聚集了好多人，田邊的土堤上凌亂地停放了好多部機車，也有腳踏車；稍遠的地方小轎車一輛接一輛排成一條長龍；大人小孩都往這一塊田地跑過來，有的拿著竹掃把，有的拿著加了長竹竿的網子，就好比是特大號的捕蝶網；更有許多外地來的人也趕著湊熱鬧，采亮的臉上寫滿了興奮和期盼。

這些人在小溝渠兩旁，壁壘分明地分站兩邊，前面的人不讓路，後面的人卻是拚命往前擠，想看一看到底發生了什麼事。

「讓鴿子自己走，誰都不許抓牠！」

說話的是穿著國中學生制服的黑狗，黑狗的旁邊站著五、六個差不多年紀的少年仔，他們手拉手自然形成一道防線，不讓任何人越雷池一步。

「我再說一遍，不准任何人抓這一隻鴿子！」黑狗加重語氣說。

一隻比普通常見的鴿子大了一些些的笭鴿站在這些人前面，背上背了一只鴿笭。鴿笭好大好大，幾乎要把鴿子的整個背部都蓋住了，

還有大半個拖在地上。鴿子靜靜站著，小小的頭部前後稍稍擺動，紅紅的右腳悄悄地抬了起來，想要往前跨出去，但是背上的鴿笭實在太重了，或許是太累了，一個重心不穩，噗的一聲向右邊斜倒下來，還好及時張開翅膀撐住；這樣子的動作反覆了好多次，鴿子卻始終無法向前移動半分。

有一塊水泥板橫放溝渠上方便農夫行走，鴿子位在溝渠水泥板的這一邊，水泥板也就成了這一隻鴿子努力想要走過去的小橋。

小橋的那一邊站著一個穿著國中制服的少年。

他左腋下支著柺杖，用來承受他左半邊身體的重量，以致於整個人必須稍微斜向左邊站立著。他焦急地注視著在小溝渠那一邊的鴿子，背著超大鴿笭的鴿子離他很近，只要跨一大步一伸手就可抓到。

國中少年吃力地抬起右腳，微微移動一小步後又很快縮了回來，

好像前面有一道無形的界線禁止他跨越。

小橋僅有三尺來寬，卻硬生生將鴿子和國中少年阻隔在兩邊。

「斑哥！加油啊！再走一步，再走一步！」拄著柺杖的國中少年不斷吶喊著，豆大的汗珠一顆顆從額頭往下淌；他用力揮動右手，想要給鴿子一些力量，拄著柺杖的左手也因為過度使力而微微發抖。

鴿子似乎聽到了國中少年的鼓勵，又再度抬起了右腳。

小溝渠兩邊的人更多了，沒有嘈雜的聲音，大家都屏息注視著這一隻背著一尺六分超大號鴿筡的鴿子。

鴿子的右腳歪歪斜斜地向前挪了出去……。

國中少年緩緩向前挪移腳步，左腋下的柺杖掉落在小溝渠的土堤下。

2 大榕樹下的土地公廟

老阿福在村口大榕樹下低頭鑿著一塊木頭，木屑散落一地，稍一靠近就可聞到一股水放太久而發臭的味道，聞久了不免會產生惡心想吐的感覺；但老阿福的鼻子似乎不靈了，他突然把那一段會發出臭味的木頭拿近眼前左瞧右瞧，好像在欣賞一件稀世珍品似的，口中也不時低聲嘀咕著，不知道在說些什麼。

大榕樹下面有一座小小的土地廟，蓋得很簡陋，廟門口的上方掛著一幅八仙彩，金銀色的繡線因年代久遠而褪了色，連左下角用毛筆

寫著某某弟子叩謝的字跡也模糊不清了。廟裡面供奉著一尊小小的白鬍子白眉毛的神像，供桌的左右兩端有兩塊融掉的蠟燭油塊。神像後面牆壁上貼著一張寫著「福德正神」的紅紙，看它的顏色還很新，應該是不久前才糊上去的。

神像前的香爐裡面燒過的香插得滿滿的，有三支線香正燃著，帶點兒淡淡檀香味的縷縷輕煙隨風飄散，一定是有人剛來過這裡拜過土地公。

土地公住的土地廟不華麗，甚至可以說是太簡陋了，但是土地公仍然面露慈祥的笑容，靜靜地坐在供桌上，不說話。

老阿福的鑿刀不停地發出咯咯的聲響，手中那一段「臭木仔」也漸漸被鑿出寬寬大大的一個凹洞；老阿福似乎越鑿越有勁，就連阿宏和李雄這兩個國中少年騎著腳踏車來到他身邊都不知道。

「阿福伯，又再做鴿笭啦？」阿宏先開口打招呼。

「嗨！阿福伯，今天做了幾個？」李雄故意在背後大聲的問。

「呼——」老阿福轉過頭來：「嚇我一跳，靠過來也不先出個聲音。死囝仔，放學啦？」

「學校早放學啦，有你天天在村口守著，我們敢翹課回家嗎？」李雄俏皮的說。坐在腳踏車後座的阿宏也拿出一支柺杖拄在左腋下，一拐一拐地走過來先把柺杖放下，然後轉過身來先用手臂撐住長板凳後再慢慢坐下來。

「快跟土地公請安啊！」老阿福說。

「嗨！土地公伯。」李雄對著土地公廟，揮了揮手。

「死囝仔，要正經點！土地公伯很靈的唷！」老阿福嚴肅地糾正李雄嘻皮笑臉的態度。

「靈？很靈的話就保佑阿宏的腳快快好起來呀！」李雄不以為然的說。

「你就是不尊敬土地公伯，所以書才唸不好！」老阿福訓了李雄一句，轉過頭來：「阿宏，你的腳好點兒了嗎？」

阿宏把左腳褲管捲起，膝蓋以下到腳踝的地方有一道長長的疤，那些疤痕就像好多十字架一個連接一個，又好像許多蚯蚓歪七扭八攪在一起，怪恐怖的。

「用來固定脛骨的鐵支早就取出來了，但就是使不上力站不起來；醫生也找不出原因，只能慢慢做復健。」阿宏摩搓著左腳，神情帶點兒傷感與落寞。

「大概好不了啦！都已經三個月了，還是一樣用不上一點兒力氣，非要拄著枴杖不可！別班的同學背地裡一直叫我跛腳宏，真是氣

死我了！」阿宏握著拳頭，一臉悻悻然。

李雄馬上接口道：「要叫就讓他們叫，說不定哪一天他們出車禍也會撞斷腿……。」

「欸，不要口出惡言，當心土地公伯罰你。小時候我在土地公廟前罵了人，一回到家裡就肚子痛；幸好我媽媽趕快帶著我來這裡燒香磕頭，向土地公伯賠不是，又吃了一包香灰才馬上不痛了。」老阿福煞有其事地說。

「香灰最難吃了！我媽媽常常求回去說喝了保平安，我都趁媽媽不注意時偷偷把它倒掉。你看，我還不是活得好好的沒事！」李雄說完偷偷用手肘撞了阿宏一下，好像這樣做是滿得意的。

李雄又接著說：「阿宏，那些罵你的人聽說都被黑狗叫到廁所後面修理一頓，還警告他們以後再罵你的話會讓他們更慘。」

「黑狗為什麼會那樣做？你又是怎麼知道的？」

「嘿嘿！我就是有辦法知道。」李雄得意極了。他的功課或許不怎麼行，但對於包打聽這一類的「小事」，他可是很在行的。

這個靠海的小村落幾乎家家戶戶都養鴿子，他們養的鴿子體型比傳信鴿稍大，俗稱「菜鴿」或「紅腳」。村落裡的人向來很重視鴿子，鴿舍比人住的房屋豪華並不令人覺得奇怪。

阿宏的爸爸養了將近百來隻鴿子，阿宏最喜歡鴿王「斑哥」。他每天放學回家後第一件必做的功課就是帶著斑哥去放飛；看著斑哥一飛沖天，阿宏就有說不出的快樂。斑哥在天上飛，阿宏會騎著腳踏車沿著田間小路猛追，又不時抬頭望望天空，追尋斑哥飛翔的身影；其實這只是下意識的動作，斑哥早已飛得變成一個小黑點了。等阿宏氣

喘吁吁到了家，斑哥早已回到鴿舍內輕輕鬆鬆啄食牠的豆子。

「斑哥，好乖！」阿宏抓過斑哥，用手掌輕撫著牠的背脊，斑哥也頗懂人意，歪著頭來回在阿宏臉頰磨蹭，口中不時咕嚕嚕、咕嚕嚕叫著。

「好好地飛！我要把你訓練成全世界最強壯、最會飛的鴿子。」

三個月前的那一天下午，阿宏放學回來時天空正下著雨，大地濕答答的；阿宏把斑哥放進用藤條編製的小鴿籠內，連雨衣都懶得穿馬上就要往外去。

「阿宏，這樣的天氣不要去放鴿子了。」阿宏的媽媽在廚房裡煮飯，聽到腳踏車的聲音，知道阿宏打算進行例行的訓練工作，馬上出來阻止他。

斑哥在上一次背筌比賽被捕受傷復原後，老阿福送給阿宏一個特製的小鴿笭，並且說這一個小鴿笭可以讓鴿子飛得更好；阿宏急著要斑哥恢復昔日的雄風，所以每天放學回家都會帶斑哥出去放飛。

阿宏一面推腳踏車，一面回答：

「媽，沒關係啦！現在雨又不大，斑哥也要適應各種天氣啊！」話沒說完，他就一腳跨上腳踏車，猛力一踩踏板衝出去了。

「阿宏！至少也要把雨衣穿上啊！」媽媽拿著雨衣出來，阿宏早已騎得遠遠的啦。

東邊的天空不時打著閃電，悶悶的雷聲也在天邊滾動。

雨越下越大，田野間原本乾涸的小水溝都有水在流動了。

阿宏騎車上了堤防，這裡居高臨下視野遼闊，是訓練鴿子放飛的最佳地點；阿宏抬頭看看烏雲密佈的天空，他只猶豫了一下子，就毅然打開鴿籠上方的活門把斑哥放了出去。

斑哥跟往常一樣，用力揮動翅膀有如脫弦之箭激射而出；安放在背上的小鴿笭也同時響起清亮的嗡嗡聲。雖然在雨中，依然可以清晰的傳出很遠很遠。

老阿福說的沒錯，這是一個特製的鴿笭。

阿宏跨上腳踏車騎得飛快，他要比斑哥早一步回到家。

一道耀眼的閃電夾著隆隆雷聲當頭劈下，阿宏一驚，腳踏車龍頭把持不穩，輪子撞到一塊突起的大石頭，「呼」的一聲連人帶車猛然向堤防下的大排水溝直衝而下。

「啊——好痛！」阿宏感覺到額頭和左腳一陣劇痛，接著又聽到骨頭發出碎裂的聲音，之後一陣天旋地轉，整個人昏昏沉沉的好像從一座高山上一直往下掉、往下掉；聽到有很多人在旁邊叫他，他想回答卻發不出任何聲音；他想抓住雜草樹枝，雙手卻使不上一丁點兒力

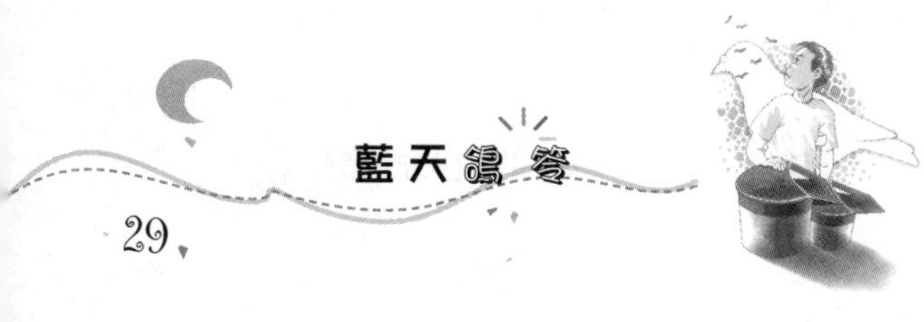

氣；他繼續往下滾落，旁邊傳來更多喊叫的聲音：

「阿宏！阿宏！快點兒醒過來吧！」

聲音既熟悉又陌生。

3 山上的外公家

「阿宏！醒一醒！快點兒起來啦。」

「阿宏，不要貪睡了！要出發囉！」小舅舅一直搖著阿宏的腳。

阿宏的外公住在高高的烏山嶺下，從平地向東方看過去，那道高聳的山脈永遠是烏黑的顏色，即使是陽光充足的正午也一樣，所以平地人管那一道山嶺叫「烏山嶺」。

阿宏的外公從小就住那裡了，至於媽媽為什麼嫁到靠海的小村落來？阿宏問過外公，外公回答說這是爸爸和媽媽的緣分。

每年暑假，阿宏總會和死黨李雄到外公家混上半個暑假，山上清靜涼爽不說，山裡面的小動物，如：野兔、松鼠、竹雞等更是多得很，飯桌上頓頓不是燉竹雞，就是炒松鼠，偶爾在下午還會有一鍋蛇肉湯品嚐；熱騰騰的蛇肉湯滴上幾滴米酒，味道有說不出的鮮美。

阿宏有三個舅舅，一個大阿姨，一個小阿姨；阿姨都嫁人了，有兩個舅舅住在台北，大舅舅當檢察官，二舅舅是建築商，生活都過得很不錯。最小的舅舅還沒娶太太，跟外公住在山上看顧果園和山產；二舅舅要他去城裡幫忙蓋房子，小舅舅說什麼也不願意離開烏山嶺，他說要留下來照顧外公，因為外婆很早就過世了。

小舅舅唸完高農就留在山上，他很會做各種陷阱抓小動物，也敢捉蛇；兩三斤重的錦蛇或過山刀，一碰上小舅舅準是完蛋；小舅舅抓了蛇之後會將蛇纏繞在脖子上，這個舉動常使阿宏和李雄逃得遠遠的。

烏山嶺下有一個湖面很大的水庫，風景很漂亮，淡水魚種類多，魚肉非常鮮嫩。小舅舅捕魚技術特別好，他很熟悉水庫地形，知道那道彎流是魚兒聚集的地方，也知道下雨過後的第一天是捕大魚的最佳時機；小舅舅會在前一天下午選好地點下網，第二天清早就划著竹筏一一巡視，無不滿載而歸。二十來斤重的大魚兒用竹篾穿過鰓部串起來讓兩個大人扛著，魚尾巴還在地面拖行呢！巴掌大的吳郭魚每次最少也裝有半個飼料袋；這麼多當然吃不完，所以分送給鄰居，皆大歡喜。

「你阿公喜歡吃魚，所以每天餐桌上少不了魚。」小舅舅說：「阿公常說小孩子多吃魚將來會變聰明哦！」

「哦！我知道了，原來小舅舅小時候不常吃魚吧？」阿宏笑著說。

「嘿！敢取笑我！」小舅舅聽懂阿宏話中含意，也不禁跟著笑了起來。

阿公的話不多，卻是很有道理。他說，住在山上很好，雖然交通不方便了點，但是鄰居好友天天見面，打打招呼，遇上婚喪喜慶，大家都會相互幫忙；山上大小事情都是大家的事，哪家要娶媳婦了，哪家添了一個胖娃娃，哪家的小頑皮爬樹跌斷了手臂，大家全知道；也不用擴音器，大家就是會知道，不像住在都市的公寓，有小偷開來大卡車搬東西，住在旁邊的人還以為有人又要搬家了呢！

更奇怪的是家家戶戶鐵門鐵窗關得緊緊的，宛如住在一個個牢籠裡。

「哪有人這麼傻？做個鐵籠子把自己一家大小全關在裡面。」阿

公真的過不慣這樣的生活方式。

有一年，大舅舅力邀阿公去住他新買的豪華公寓，他把房子裡面的設備說得像皇宮一樣：分離式冷氣、三十四吋大電視，還有假山造景，噴水池裡面養了好幾條尺來長的錦鯉魚，說這樣佈置會帶來好財運；一定要請阿公去住上一個月，也好讓他盡一盡孝心。

好說歹說，阿公拗不過大舅舅和舅媽的懇求，終於答應到台北小住，也順便到二舅舅家看一看。阿公用小布包包了幾件換洗的衣服，趿著一雙拖鞋就坐上大舅舅的豪華轎車上台北了。

「阿公肯穿上拖鞋算是給你大舅舅面子了。阿公從小到大都不穿鞋子。腳底厚得連刺竹的尖刺給阿公踏到都會彎下去呢！」小舅舅越說越誇張。

「嗄！」阿宏真的有點兒不相信，他如果不穿鞋子的話，根本寸

步難行哩！

「阿宏，你猜，阿公上台北住了幾天？」

「十天？」

小舅舅搖搖頭，用手指往下比了比。

「五天？」

小舅舅還是搖搖頭。

「三天？」

「一天半！」小舅舅說：「阿公在第二天中午就嚷著要回山上，大舅舅沒辦法只好替他買了火車票送他上車，我開了兩小時的車才到火車站把阿公接回來。」

住了幾天這一件事阿宏沒聽媽媽提起過，只提到阿公把那雙拖鞋用塑膠繩子串著掛在脖子上，而且從那天以後再也不上台北了。

有一次，二舅舅不死心，又要請阿公上台北玩一玩，阿公只冷冷回答一句：「台北有地方讓我放羊吃草嗎？」

二舅舅碰了個軟釘子以後，再也沒有人敢邀阿公上台北了。

在台北哪能像在山上一樣到處亂跑，公寓的鐵門一拉上，又加上一道鋁製花格紗門，裡面又是厚厚重重的不銹鋼門；一重又一重的門戶把人與外界隔得遠遠的，把噪音阻絕了，把訊息阻絕了，更把人與人的感情阻絕了。打開鐵門見了面也是冷漠以對，連招呼都不打一聲。

哪像在山上，招呼一山喊過一山。

「喂——」尾音拉得好長好長。「你家母牛生了沒？」

「還沒呢！」尾音還往上揚，叫得山谷迴盪「還沒——還沒——」。

「跟阿三說一聲多謝啦！」對面山坡上的那一個人說。阿三是小舅舅的偏名，大概是謝謝小舅舅給他一尾大頭鰱魚吧！

山上生活步調是緩慢的，悠哉游哉的。山上的工作其實滿多的，果樹要剪枝、施肥、除草、噴藥；山坡地要隨時整修，排水溝不能被雜草木石堵塞；什麼時候該做些什麼工作好像沒有預定期程，但是山上人家就是知道哪一天該除草，哪一天該給果樹噴藥，哪一天要到山下去添購農用品，好像自然而然地按部就班做好了。沒有人管你做不做，也沒有人教你要趕快去做，但每一個人就像是一部上了發條的老機器，一步一步慢慢往前推進，雖然慢卻有規律，雖然慢卻永不停歇。

阿宏被學校的功課逼得緊緊的，課本、參考書、測驗卷，三天一小考五天一大考，永遠唸不完的書、永遠做不完的作業，壓力沉重得簡直令他喘不過氣來。他喜歡山上的生活，尤其是又有一位好像什麼都會的小舅舅在身邊。

今天是他和李雄今年暑假來到山上的第一個早晨——

「阿宏！醒一醒，快點兒起來啦！」

「阿宏，不要貪睡了！要出發囉。」小舅舅一直搖著阿宏的腳。

阿宏醒了，「李雄呢？他起床了沒？」阿宏打了一個呵欠，邊揉眼睛邊問。

「他早就起來啦，正在屋後跟小羊玩呢！」小舅舅話一說完，李雄剛好走了進來，一股羊騷味隨之撲鼻而來。

「欸，有點衛生好不好？腳踩了羊大便也不先洗一洗就進來。」

阿宏一面穿衣一面向李雄抗議。

「不這樣你會起床嗎？愛睏鬼。快點，阿公要帶我們去抓竹雞。」

「不早說！」阿宏跳下床急著穿衣服；真難得阿公要帶他們上山抓竹雞。

阿公年紀大了，山上的工作大都交給小舅舅去做，他偶爾到山上走一走，也只是去巡視一番，回來再交代小舅舅哪些部分要加強。今天阿公心情特別好，要親自帶他們上山去抓竹雞。

竹雞平常在竹林裡生活，警覺性很高，是一種很容易受驚嚇的小動物；外貌和土雞差不多，體型卻小了一號。牠們叫聲很尖銳，可以從這一個山頭傳到另一個山頭；平常躲在竹叢中啄小蟲吃，一有聲響就猛然竄出飛起，初到山上的人走在竹林中，往往會被嚇一大跳。

抓竹雞用的陷阱叫做「竹雞踏」，做法和恆春地區捕捉伯勞鳥的「鳥踏仔」類似；不過「竹雞踏」是安放在地上的，繩索圈套部分用竹葉蓋住，以免被竹雞識破不上當。

「母竹雞會帶著小竹雞，牠們喜歡走乾乾淨淨的路。」阿公說：「所以竹雞踏設好之後，要用小樹枝掃出一道乾淨的小路把牠們引到竹雞踏前面來。」

抓竹雞不需要太多裝備，除了準備一把鋸子或柴刀用來劈竹子之外，就只需要一些細繩就行，可是阿公都要背上一大袋東西，其實大都派不上用場。

「阿公，走山路已經很累了，幹嘛還要背那一堆有的沒的？不會很重嗎？」李雄問。

「不會呀！背久就習慣了，不背反倒覺得怪怪的。」

其實那個印著「烏山農藥行贈」的帆布牛頭袋滿重的，阿宏曾經背過，少說也有七、八斤重，阿公卻說背久習慣以後就不覺得重了。

阿公的話讓阿宏想起鴿子背鴿笭來，他們村落裡養的鴿子每年都

會參加背鴿笭大賽，小鴿子學會飛行之後就要訓練牠，先讓鴿子背小笭，習慣之後再逐漸加大笭的尺寸；在鴿子背上放著大小不等的鴿笭本來就夠重的，飛行的時候風灌進鴿笭笭肚，鴿笭頓時增加了好幾倍的重量。訓練有素的鴿子可以輕鬆勝任飛得又快又遠，反之有些鴿子背一下下就累了，停在屋脊上休息再也飛不動。

阿宏到山上來住，都會用鴿籠裝幾隻鴿子帶到阿公家來，他非常嚮往古代通訊不發達時的——

飛鴿傳書！

飛鴿傳書，多饒古意，多富詩意呀！

想一想，遠隔千山萬水的人們，望穿秋水也等不到親人一絲絲消息；他的人怎麼了？平安否？生病了嗎？事業順利嗎？什麼時候才能回家？完全無從得知，只能眼巴巴地望著、盼著。

如果天外飛來一隻鴿子，腳上綁著親人的親筆信函，乍然接到訊息時那種喜悅、那種感覺該是多麼溫馨！多麼感人！

現在書信往返、電話聯絡、手機簡訊、電子郵件發達得不得了；哪個國家發生什麼大小事，一下子全世界都知道了，消息新知不再是一件奢求的事情，靠書信往返更被有些人視為累贅的蠢事。

「有事情在電話中說就好了嘛！」

打電話，打手機，只聞其聲，不見其人，總是缺憾。

阿宏喜歡帶鴿子上山，用一小截吸管綁在鴿子腳上，吸管裡面塞入一張小紙條：

親愛的爸爸、媽媽：

我已安抵阿公家。勿念！

阿宏　敬上

他會在鴿子背上安放一個六寸的小鴿笭，然後雙手一放，鴿子背著鴿笭迎風發出「嗡嗡」聲，帶著親人的訊息漸去漸遠。

「喂！你家海口囝仔來了啊？」

「海口囝仔」就是山上人家對阿宏的稱呼，當地人都叫海邊來的人為「海口仔」。他們一聽到天空響起嗡嗡聲，就知道是阿宏到山上來了。

「小孩子要好好唸書，不要光顧著放鴿子。」阿公一看到阿宏放笭鴿，就會這樣說：「先把書唸好，長大才有頭路，像你們兩個舅舅一樣，在都市賺大錢，開大轎車。」

「阿公，那你怎麼不去住都市呢？」李雄忍不住問了一句。

「都市是打拚賺錢的地方，雖然很熱鬧，但是我住不慣。」阿公

用鐮刀把路旁一株雜樹砍倒：「我喜歡住山上，空氣多好！」

「都市的房子好高好漂亮！家家都有冷氣機，夏天也不會熱呢！」李雄說。

「我們山上可以聽鳥叫蟲鳴，也有天然冷氣呢，這些都是不必花錢的。」

「都市的夜景好美好美唷！霓虹燈亮起來，五光十色，好好看哪！」

「山上的景色才好看呢！這兒的星星和月亮跟都市裡的不一樣喔。」

不一樣？

山上的月亮除了比較皎潔，比較大，比較圓，星星又多得數不清而且會眨眼之外，會有什麼不一樣呢？

上午去做好「竹雞踏」，傍晚去巡視成果，總共抓到三隻，成績不錯；每一隻都肥肥的，在「竹雞踏」上嘎嘎叫得好大聲。

「薑絲炒竹雞」是小舅舅的拿手菜。竹雞拔毛洗淨，剁成小塊和薑絲一塊下鍋炒，中間淋上幾匙米酒；要起鍋之前再加進五香末拌一拌，頓時香味四溢，令人食指大動。

「香菇燉竹雞」，可以讓人配上三碗白米飯。

「小舅舅好手藝，將來小舅媽有口福了。」阿宏打趣說。

外婆去世得早，大舅舅、二舅舅又都成了家住在大都市，家裡大大小小的事全由小舅舅張羅；小舅舅孝順又勤勞，阿公由小舅舅來服侍最恰當不過了。

「為什麼不快點娶個小舅媽呢？」阿宏曾經問過媽媽。

「現在的女孩子大都不願意嫁到山上去，怕吃不了苦；而小舅舅的個性和阿公一樣，不喜歡住都市。」

其實，也難怪阿公不住在大舅舅家，大舅舅和舅媽都要上班，大舅舅的兒子唸大學，女兒唸高中；一大早就各自出門上學、上班，偌大的房子就只剩阿公一個人守著。電視的洋片看不懂，新聞節目又一直重複播放同樣的事情，連續劇則是哭哭啼啼的，那些演員好像除了哭以外，就不曉得怎樣演戲。阿公從臥室走到客廳，再從客廳走到陽台，又從陽台拐進廚房，長方形的餐桌上擺著一塊三明治和一杯牛奶，杯子底下壓著一張字條，是大舅舅寫的：

阿爸，這是早餐，不忍吵醒您！吃完早餐，您可以到附近的公園走一走，晚上見。又：牛奶冷了的話就放進微波爐熱一熱。

每天早睡早起，這是山上人的習慣，天一黑，吃過晚餐把第二天

的工作農具整理一下，八、九點就睡了；天濛濛亮，山上人早已上山工作一個多小時了。

——不忍吵醒您！

笑話！

阿公好像從來不睡覺的。小舅舅睡覺的時候阿公還沒上床，小舅舅早上醒來，阿公早已在外面挑水澆菜了。

4 山豬陷捉竹雞

阿宏和李雄在山上快快樂樂地過暑假，也才不過半個多月的時間而已，就又要回到學校參加課業輔導；一想到惱人的功課和升學問題，兩人就高興不起來了。

「如果沒有學校，沒有考試，那多好！」今天李雄和阿宏兩人自己要去放置竹雞踏抓竹雞，走在山路上時李雄突然迸出這樣一句話來。

「為什麼？」阿宏反問。

「你想想看！我們在山上的生活多自在，每天想睡多久就睡多久，不必聽媽媽的碎碎念，不必面對老師的雷達眼，多好！可惜……」

李雄頓了一頓，問：「過兩天該放斑哥回去了吧？」

阿宏帶到山上的鴿子，每兩天放一隻飛回去，斑哥留到最後才放飛；斑哥飛回去的那一天，也就是他們山上假期結束的那一天。

「今天我一定要捉到那一隻大竹雞公，帶回去跟同學炫耀一下，讓他們見識見識我的厲害。」阿宏走在前頭說，心中也不停地盤算著。

「不好抓吧！其實隨便抓一隻小的也可以，反正班上那些大頭呆也沒幾個真正見過竹雞，小小的一隻也能將他們唬得一愣一愣的。」

李雄又強調說：「大竹雞公不好抓！」

「這幾天來，我一直聽到山豬陷那個方向有大竹雞的叫聲，只要竹雞踏做得夠好，一定可以抓到的。」

「山豬陷？你要去山豬陷？有沒有搞錯！」李雄叫了起來：「小舅舅說過山豬陷那邊的山路不好走，又窄又陡非常危險，他交代過我們別往那邊去的。」

「沒關係，只要能抓到那一隻大竹雞公，路再難走又怎樣？用爬的也能爬過去吧！」阿宏一副自信滿滿的樣子。

他們走到了岔路，一條通往山豬陷，一條通往阿公蓋的木炭窯和龍眼寮；雖然小舅舅一再交代不准去山豬陷，但是阿宏想也不想，邁開大步直往山豬陷的方向走。

李雄只得跟在後面，因為阿宏說了就算，勸也沒用。

「山豬陷」是以前的人獵捕山豬的地方。

小舅舅聽阿公講過，古早時候地廣人稀，樹木雜草叢生，山上有很多山豬和獼猴；大大小小的山豬經常利用晚上跑出來偷吃農作物，一片田地或一片菜園、果園，只要碰上山豬肆虐，那一季的收成就沒了。

山豬不是只撿牠喜歡的吃，牠每到一個地方就像是發了瘋似的橫衝直撞，長長的獠牙把田地刨起一尺來深，可是吃進肚子裡的農作物並不多；山豬就是這副德行，非要把整片田地、菜園攪得天翻地覆才肯罷休。

山豬躲在深山裡面，牠們晚上來，半夜走，走後留下滿目瘡痍。山上的人們對山豬恨得牙癢癢的，可是對力大無窮，又有火燒脾氣的山豬卻又懼怕三分，莫可奈何。

「真的一點辦法都沒有嗎？」阿宏不服氣，怎能讓山豬肆無忌憚地毀壞農作物？

小舅舅說，阿公年輕的時候是殺豬英雄呢！

「殺豬也能當英雄？未免太扯了吧！」阿宏都快笑出聲音來。

阿公把山上一些比較勇敢的人集合起來，又帶了兩條土狗到深山裡，要把山豬趕出來殺掉。

「殺掉了沒？」

「哪有那麼容易！山豬也滿聰明的；你找牠，牠就躲起來，你不找牠，牠又突然竄出來……。」

阿公他們在山上搭草寮住了十幾天，卻找不到山豬的蹤跡，帶來的糧食吃完了只好下山來。到半山腰的時候，在一條小路上和一群山豬碰面了。

「一群？嘩！好棒！終於找到山豬了！」阿宏好興奮。

小舅舅笑著說：「你高興，阿公他們可緊張呢！」

母山豬帶了小山豬，脾氣特別兇暴，口中不時發出嗥叫聲。

阿公他們當然也不放過這個好機會，放出兩隻土狗，一夥人大聲吆喝上陣，又是鐮刀鋤頭又是棍棒的，一下子將小山豬衝散了。母山豬大概見對方人多，又有土狗撲過來，嗥叫一聲返身就跑；一群人追了好久，終於把母山豬逼到一處險峻的山崖邊，母山豬進退無路，最後被逼得滾下山崖摔死了。

從此，這個連兇猛的山豬都會摔死的地方就叫做「山豬陷」，可見山路有多難走。

阿宏也知道山路不好走，又隨時有摔下去的可能，可是他一心只想抓到那隻大竹雞，再怎麼困難，他也要上去設個陷阱抓竹雞。

李雄擦擦汗緊跟在後，跌了好幾跤，衣服褲子沾滿竹葉和泥土。

「唉，抓什麼大竹雞公，見鬼了！」

「我看大竹雞公一定和斑哥一樣大吧！叫聲那麼響，也許大得像鬥雞呢！」阿宏好像不會累，一個勁兒地往前走。

直到他們假期結束要回去的前一天，大竹雞公不但沒有抓到，連叫聲也聽不見了。

「竹雞警覺性高，也許是飛到別的地方去了。」李雄小聲地說。

他們去山豬陷的事絕不能讓小舅舅知道，否則鐵定被罵得臭頭。

阿宏聽了只是笑了笑，心想：我終於去了山豬陷，大竹雞抓不抓得到都不是太重要的事。

李雄的嘴巴就跟大麻布袋口一樣緊，小舅舅三言兩語就套出他們去山豬陷的事；阿宏當晚在睡覺前被狠狠訓了一頓。

睡覺的時候阿宏做了一個夢：他夢見獨自一個人去了山豬陷，那

裡山勢好高山路好陡，他越爬越高心裡越害怕；忽然腳下一滑，他像那一隻山豬一樣從高山上滾下來。他想抓住任何東西，雙手卻沒有一點兒力量，樹枝刮破了衣服，山石撞上他的額頭，一塊尖銳無比的石頭砸中他的左腳，「啊！」阿宏痛得大叫起來——

忽然他聽到有人不斷的叫著：

「阿宏！阿宏！快點兒醒過來吧！」

聲音既熟悉又陌生。

5 斑哥被抓了

阿宏迷迷糊糊醒了過來，先是聞到一股濃濃的藥水味道，微張著眼睛看見床頭吊了一瓶點滴，藥水一滴滴沿著細管緩緩流進他的手臂。

「這是醫院？我為什麼會在這裡？」

他的頭上包著紗布，渾身痠軟無力，左腳如無數根針刺般傳來一陣陣抽痛；他微微抬起頭，看見左腳纏滿了紗布，腫得跟象腿一樣粗大。

「啊！怎麼會這樣？我的腳到底怎麼了？」

阿宏想要把左腳抬起來看個仔細，一用力又是一陣劇痛，「啊」的一聲大叫了出來。

「阿宏！阿宏！」媽媽一直不停的在耳邊叫著他，原來夢中聽見的就是媽媽焦急不安的呼喚。

「啊，謝天謝地，多謝土地公伯！阿宏總算清醒了。」媽媽激動得雙手合十，不住地對空拜拜，口中直唸著：「阿彌陀佛，謝謝土地公伯的保佑。」

「媽！」阿宏虛弱地問：「我怎麼了？我的腳痛得抬不起來，頭好痛呀！」

「醒來就好，醒來就好。」媽媽高興得流下眼淚。

在那一場雷雨中，阿宏摔下大排水溝，人先倒栽蔥下去，腳踏車

從上面重重直砸下來。他的頭部受了重傷，左腳也斷了三處，整個人昏迷不醒地躺在大排水溝裡面。

雨越下越大，大排水溝的水也越來越深，如果不是有一個送貨員恰好開車經過，又恰好看見摔在道路中間的鴿籠，那後果就不堪設想了。

「媽，斑哥呢？斑哥有沒有怎樣？」

「人都顧不了了還想到鴿子！真是……。哎！那一天斑哥很快就回到家了；跟你說不要出去你偏要去。」媽媽又是心疼又是氣惱，唸個不停。

阿公來了，阿姨和小舅舅也來了，老師、同學又是鮮花又是卡片；李雄更是三天兩頭往醫院跑，只要不必上課的日子，李雄一定是第一時間向醫院報到的。

媽媽又是香灰，又是神符，祈求阿宏趕快好起來。

阿宏的左腳傷得最嚴重，斷成三截的脛骨動了好幾次手術，在裡面植入不銹鋼鐵條釘上鋼釘，手術才告一段落；將來還要再開刀把固定脛骨的鋼條拿掉。

想到這些，李雄不由得害怕地說：「老天！太嚴重了吧！怎麼受得了呢？」

反倒是阿宏安慰他說：

「開刀就開刀，反正已經開過三次刀，再加一次也無所謂！」

「不痛嗎？」

「痛啊！痛得要命。可是要忍耐呀！腳要是好不了，我豈不是要坐在輪椅上過一輩子……。我才不要呢！」

話雖如此，阿宏看著滿是開刀傷痕的左腳，心中也不免嘀咕：

「我的腳會復原嗎？我能夠走路嗎？萬一……」阿宏不敢再想下去，脛骨中間一直抽痛著，有時又痠又麻，痠麻抽痛是左腳唯一的感覺，難受得直要人命。

阿宏不敢將痛苦表現出來，他怕媽媽擔心；爸爸為了籌措他的醫藥費，除了原有的工作外，又兼職替人家照顧魚塭，要割草，要餵飼料，每天從早上忙到晚上，一刻也不能休息。

去年背答比賽，如果斑哥沒有被黑狗抓到就不會受傷；如果斑哥沒有受傷，自己就不必為牠做加強訓練。雖然爸爸媽媽從不責怪阿宏，阿宏卻深深地自責，如果早知道會發生這樣的意外，說什麼也不會堅持冒雨出去放鴿子了。

——千金難買早知道！

李雄不知道從哪一本書上看到這句話，每當阿宏露出自責落寞的神情時，就會說上這麼一句：

「千金難買早知道。你爸爸媽媽也了解你加強訓練斑哥是想替咱們村子爭一口氣，別難過了。」

在阿宏的心底深處，他最喜歡看鴿子在天際遨翔，隨著鴿子，整個人也彷彿在一望無際的蔚藍天空中展翅高飛：白雲在腳底下飄浮，狂風在耳邊呼嘯，映入眼底的是一片青山綠水，多逍遙自在啊！

在平常的日子裡，紅茄里和頂洲里的人日出而作，日落而息。田裡永遠有忙不完的工作，翻了土，要播種；播了種，要除草，要施肥；稻子長大了，要忙著趕麻雀，一年的生計全靠田地的幫忙；遇上好年冬，收成好，大家歡天喜地；遇上風雨不順的日子，收成減少，大家也只能怪老天爺不幫忙，嘆口氣說：

「希望明年會是好年冬！」

農曆年過了，稻子也收成了，按照農曆的節氣，這時要讓田地休養生息，以便下一季會有更好的收穫。

紅茄里和頂洲里的人，從阿公的阿公，從曾祖父的曾曾祖父起，一過完農曆年就為背鴿笭的比賽活動忙了起來，誰也說不清到底為什麼要辦這個活動。

小孩子若要打破沙鍋問到底，花白鬍子的老阿公會佯裝生氣的說：

「賽鴿笭就賽鴿笭，小孩子有耳無嘴，有什麼好問的？」

從很久以前傳下來的比賽規則：背鴿笭比賽期間兩村落的鴿子每一回合要從對方村落背回大小不等的鴿笭一百二十個，笭的尺寸從五寸六分到一尺六分都有；在規定的時間內，哪個村落少背回一個鴿笭就得俯首認輸，明年再來。

村人都習慣稱鴿子為「紅腳仔」，參加背笭比賽的成員組織叫做「紅腳會」，各擁有一位會長和若干會腳。背鴿笭比賽有如兩軍交戰，會長就是三軍統帥，負責鴿子調派事宜，什麼時候該派出哪些鴿子去背回鴿笭，又萬一鴿子落地被捕了該如何調兵遣將，都憑會長一句話，會長要負責一年比賽的成敗責任。

去年的比賽，頂洲里紅腳會派出來的鴿子隻隻精神抖擻，雄赳赳，氣昂昂。第一天背五寸六分到七寸的一百二十個鴿笭時，一口氣就全數背回去了。

當然，紅茄里也不是省油的燈，因為第一天背小鴿笭只能算是小兒科，當做賽前熱身，如果連五寸六分的小鴿笭也背不回來的話，簡直會讓人笑掉大牙。

第一回合交手，不分勝負，再加大尺碼；八寸，一樣是不分軒

輕。

比賽的緊張氣氛很快被炒熱起來，不但這兩個村落圍觀的人越來越多，連外縣市的民眾也聞風而來，電視台記者更把這項純粹的民俗活動報導成觀光盛會一般。笭鴿放飛的地點，一早就擠滿了看熱鬧的人群。

看鴿子背笭比賽不但有趣，也可以賺外快。當地有一項規定：鴿子背了笭在沒有飛過兩村落指定的中界線之前就體力不支落地的話，任何人都可以用任何工具捕捉鴿子，把捉到的鴿子交給紅腳會就可以領到一百元的獎金。

一百元的獎金不多，但是抓鴿子卻好玩又有趣，所以在賽鴿笭的那段時間，經常可看見本地人或外地人拿著奇奇怪怪的捕捉工具在街道巷弄間來回奔跑。

去年，阿宏的爸爸是紅茄里紅腳會會長。決戰那天，阿宏的爸爸仔細檢查每一隻鴿子，看看牠們的翅膀，看看牠們的尾羽，確定都處於最佳狀態才全數裝進鴿籠內，機車一發動，全體呼嘯衝向頂洲里的放飛地點。

放飛地點就在堤防下，那裡早就聚集了好多人，他們看到紅茄里的人到了，頓時鼓譟起來，加油之聲響徹雲霄。

時間到，一聲令下，隻隻背著鴿笭的鴿子被飼主拋上天空，展翅而飛。

啪啦啪啦的振翅聲被「嗡嗡」的笭聲所取代，這些鴿子一如歸心似箭的異鄉遊子，奮力奔回故鄉。牠們要快快回到家把鴿笭卸下，再回來背第二趟，倘若在下午一點前還有一個鴿笭留在對方村落的界限內，那就得俯首認輸了。

人群的吆喝聲，機車的引擎聲，使得堤防邊熱鬧萬分；烤香腸的小販，賣涼水的歐吉桑，全都聚集在這附近，大家興高采烈地參與這一年一度的背筌大賽。

阿宏騎著腳踏車到堤防邊，看著斑哥背起第二趟的大鴿筌；他轉頭馬上衝回家，他要守在鴿舍下面等斑哥回來。

剛騎到半路，李雄氣急敗壞地追上來，上氣不接下氣地跟阿宏大喊：「斑哥被抓了！阿宏，斑哥被黑狗抓去了！」

「什麼？怎麼可能？」阿宏以為自己聽錯了。

「斑哥飛不動，落地被抓了！」李雄再次強調。

阿宏像洩了氣的皮球一樣，一屁股跌坐地上，心中一直想著：

「斑哥被抓了！」

「斑哥被黑狗抓去了！」

斑哥是阿宏最心愛的鴿子，長得異常壯碩；一籠鴿子不下五、六十隻，可是誰都能一眼認出斑哥，因為牠的體型特別碩大，站著也高出別的鴿子一個頭，左顧右盼，雄姿英挺，所以斑哥當然是紅茄里數一數二的「戰將」。

通常五寸六分到八寸的鴿笭，只要是經過嚴格訓練的鴿子大都能背回來，除非天候不佳或異常因素導致鴿子失常，例如天空忽然有老鷹盤旋讓鴿子受到驚嚇，否則落地被捕捉的機會應該不多；可是要背一尺或一尺六分的超大鴿笭，那就得靠實力了，這時候被捕而折損的鴿子就大大增加；鴿子被捕之後，交到對方的紅腳會，馬上會被拔去尾羽讓牠暫時不能背鴿笭起飛，算是「陣亡」了。

勝負就決定在最後這一關卡上。

現在正值緊要關頭的時刻，斑哥竟然被抓了！

「李雄，你親眼看到的嗎？斑哥有沒有……。」阿宏的意思是有沒有被拔去尾羽，但他不敢想下去，所以停住不說。

「有啊！牠的尾羽被黑狗拔下來了。黑狗還拿著斑哥的羽毛向我示威，呸！」李雄越說越有氣：「斑哥好像流血了呢！」

「啊！還流血！真是太過分了！」阿宏氣得咬牙切齒；但是氣歸氣，鴿子在對方手上他又能如何！尤其又是落入黑狗手中。

「黑狗這樣做一定是故意的，他一直在找機會報復。」阿宏心想。

黑狗是他們的同班同學，考試經常抱鴨蛋，可是跑、跳等體育運動神經卻很發達，是學校田徑代表隊。他和阿宏不同村，賽鴿答時就處於敵對狀態。

比賽前幾天，黑狗就自誇說一定要讓紅茄里再吃敗仗，鴿子被他

抓到……

「嘿嘿！我一定會好好照顧照顧！」

黑狗故意把「照顧」兩個字說得很重，還故意咬著牙齒說，誰都聽得出來他不懷好意，他哪會好好照顧對手的鴿子？平常就很沒人緣，又喜歡捉弄女同學，經常把女生弄哭，自己卻像沒事人一樣，他是訓導處的常客，更是學校的「名人」。

黑狗塊頭大，行事衝動講話又粗魯，皮膚黑黝黝的，「黑狗」這綽號當然非他莫屬。

現在斑哥落在他手裡，不死也要受重傷！

「斑哥來回背了兩趟，力氣用盡了。只好祈求土地公保佑讓黑狗有點兒良心，不要把斑哥弄死了。」李雄在阿宏旁邊一直說話，希望藉說話來緩和阿宏憤怒的情緒。

「黑狗好不容易逮著了這個機會，我看斑哥凶多吉少了。上個月吳麗華那一件事之後，黑狗看到我都用三角眼瞪我呢！」

阿宏、李雄住在紅茄里，吳麗華、黑狗則住在頂洲里，四個人國小同班，上了國中又是同班同學。黑狗除了體育好之外，其他學科成績都是吊火車尾的；同村落的吳麗華成績好，人又長得漂亮，兩個眼睛烏溜溜的，一張伶俐的嘴巴更是讓班上公佈欄掛滿「先聲奪人」、「口若懸河」的演講比賽錦標。

黑狗喜歡捉弄女同學，更喜歡捉弄吳麗華，也許說他喜歡吳麗華比較恰當；偏偏吳麗華對黑狗不理不睬，平常黑狗的一些小動作，吳麗華還可以忍受，萬一黑狗不知好歹，吳麗華馬上一狀告上導師，讓黑狗吃不了兜著走。

所以，黑狗對吳麗華是又愛又恨，但他也連帶恨起阿宏來了，因

為在班上吳麗華對阿宏講話總是笑瞇瞇、輕聲細語的。

「呸！肉麻當有趣！花癡才這樣；不給老子面子，總有一天叫妳好看！」黑狗對吳麗華懷著恨意。

事情就發生在校慶運動會那天，阿宏和黑狗同時晉級百米決賽。在起跑點跑道旁邊，吳麗華帶著一幫女生為阿宏加油。

「阿宏！加油！加油！」

「阿宏！阿宏！得第一！」

黑狗斜著眼看了阿宏一下。

「得第一？別妄想了，第一名鐵是我的。」

一旁的女生還是一直齊聲為阿宏加油，黑狗心中突然湧出一股酸酸的感覺，吳麗華看也不看他一眼，兩隻水汪汪的眼睛一直看著阿宏，阿宏也報以微笑。

「媽的！等一下要你好看！」黑狗心中罵了一句，然後抬手踢腿，想把心中那股酸酸的感覺用力給逼出來。

砰！槍聲響了。

百米決賽的選手拚命往前衝刺，黑狗和阿宏分別以第一、第二領先。

黑狗不愧是運動好手，以最快的速度衝到終點，阿宏緊接著以第二名的成績越過終點線。

黑狗突然伸出右腳絆了緊跟在後的阿宏一下。

阿宏對這突如其來的動作來不及反應，整個人向前撲出去，又在跑道上翻滾了幾下才爬起來。

「嘩！阿宏跌倒了！阿宏跌倒了！」有人叫了起來。

黑狗站在一旁冷笑著。

吳麗華那一幫女生馬上跑到終點這邊來，阿宏很快站了起來，一咬牙就要衝過去找黑狗算帳；吳麗華拚命拉住阿宏，把他拉到跑道旁的草地上坐下來。

阿宏悻悻然坐在草地上，手腳有多處擦破皮，血絲滲了出來，額頭也擦傷紅腫了一塊。吳麗華掏出手帕仔細為阿宏拭去傷口上的泥土，又一直問他有沒有什麼地方不舒服，黑狗看了一眼就快步離開了。

運動會結束放學回家時，因為阿宏的膝蓋受傷無法用力踩腳踏車，只好和吳麗華一起推著腳踏車慢慢走著。

走著走著，黑狗卻在前面堵住了他們。

「嘿！小夫妻嘛！很相愛唷！」

「黑狗！你說什麼？」吳麗華臉上倏地紅了起來。

「心疼了，是不是？反正又沒摔死。」黑狗一副幸災樂禍的樣子。

阿宏把腳踏車一摔，突然就衝上去和黑狗扭打在一起；兩個人在地上滾來滾去，又是拳打又是腳踢。

吳麗華在一旁乾著急，她不敢上前拉開他們，又不知如何是好，只能眼睜睜看著兩人好像發怒的野獸般相互撕咬。

阿宏實在氣瘋了，平常對黑狗是百般忍耐，看他欺負弱小戲弄女同學的行徑早就想找他打一架。今天的賽跑黑狗居然敢來陰的，害他跌倒受傷，現在又出言不遜，心中那一股積壓已久的怒氣再也按捺不住，終於像火山一樣爆發開來。

黑狗體格魁武，足足比阿宏高出一個頭，但他著實想不到阿宏哪來的力氣，居然有時候可以把自己壓在地上。

幾分鐘過後，兩個人也許是力氣用盡了，手大概也瘦了，戰鬥情況漸漸緩和下來，最後只能坐在地上直喘氣，相互瞪著鬥雞眼。吳麗華趕緊扶起阿宏牽著腳踏車離開，留下黑狗獨自一人坐在那兒。

黑狗呆呆看著兩人離開，心中實在很不是味道。

從此，吳麗華對黑狗不再客氣，正眼都不瞧他一下。

現在斑哥飛不過中界線，更糟糕的是落進黑狗手中。

「斑哥被他抓到，豈有活命的機會？」阿宏心中冷了半截。

「人那麼多，我看他不敢下毒手的。他一定會把斑哥交給會長去處理……，黑狗不會有那個膽子的。」李雄盡量往好處想，但他也明白這不過是自我安慰。

阿宏突然想起什麼，大聲問道：「頂洲里的會長不就是吳麗華的爸爸嗎？」

「是啊！那又怎樣了？」

「趕快回家打電話給吳麗華。」阿宏一邊說，一邊回頭沒命地往家裡跑，連李雄叫他騎腳踏車都顧不得了。

吃晚飯的時候，阿宏的爸爸無心地扒著飯，一面說：「還有九個鴿笭沒背回來……，今年我們又輸給頂洲里，連輸兩年了。唉！」

媽媽看了爸爸一眼，說：「輸就輸嘛，反正大家都是好朋友，比賽只是趣味而已，輸贏又有什麼關係？」

爸爸說：「是沒什麼關係啦！只不過我這個紅腳會會長真沒面子。」

媽媽說：「什麼沒面子？鴿笭背不回來又不是你的錯。想想看，小小的一隻鴿子背個那麼大的鴿笭，能夠飛起來已經很難得了，你們還要牠飛過中界線才算數，到底是誰訂的規矩？」

「我看下屆會長讓給別人當好了。」阿宏的爸爸還是無法釋懷。

阿宏只希望天趕快暗下來，根本沒聽到爸爸媽媽在討論什麼。

不久，外面傳來腳踏車煞車聲，阿宏一碗飯都沒吃完，就匆匆跑出門去。

「阿宏！要去哪裡啊？這孩子，急急忙忙趕什麼呢？」媽媽急著問。

「也許是和同學約好了，阿宏不會去做壞事的，放心。」

阿宏坐上李雄的腳踏車後座，李雄用力一踩，腳踏車朝頂洲里的方向前進。

李雄偏著頭問：「有沒有找到吳麗華？」

「有。」阿宏一直擔心斑哥的安危，連話都懶得說。

「她怎麼說？」

「她說她會想辦法。」

「想辦法？」李雄停下腳踏車：「現在還說想辦法？難不成她也沒把握？」

「她說，鴿舍的鑰匙由她爸爸保管，能不能拿得到，她不敢保證。」

「完蛋了，我看明天再去拍賣會買回來算了。」

「不行，今天晚上無論如何一定要把斑哥帶回來。你不去，我一個人去。」

「好！好！好！去就去，誰怕誰！烏龜怕鐵鎚。」李雄又騎上腳踏車，兩個人在村落中的小道飛馳前進。

天色已完全暗了下來，道路兩旁昏黃的路燈也一盞一盞亮了起來。昏黃燈光下，可看見一大群大大小小的飛蛾圍著燈光飛舞，不時

聽到劈劈啪啪的聲音。飛蛾碰上熾熱的燈泡，馬上被燒焦掉下來，其餘的飛蛾依舊圍繞著燈光，牠們不知道什麼叫危險，什麼叫害怕，燈光對飛蛾有著致命的吸引力。

從斑哥破殼而出，阿宏就悉心照料牠；阿宏的爸爸喜歡養鴿子，對鴿子有深入的研究，知道哪隻鴿子可以放飛，知道哪一隻鴿子力氣較大，可以背多大的笭；有些鴿子看起來塊頭雖大，卻是中看不中用，唬人的，即使只是背上一個小小六寸鴿笭，任憑翅膀多用力，飛起來就是歪歪斜斜的，只飛過一個屋脊就停下來；當然，這一類的鴿子就是真正的「菜鴿」，遲早進了人們的五臟廟。

斑哥有優良血統，父系和母系都曾經背過一尺大的鴿笭；剛孵出來時，阿宏就覺得斑哥的眼睛炯炯有神，顧盼自雄，應是屬於之流。

也許是緣分，同時期孵出的鴿子約有二十隻，阿宏卻只中意斑哥，對牠特別鍾愛。

上學前，要上鴿舍看一看，放學後，書包一放下，第一件要做的事就是幫斑哥清理鴿舍，添食物，加清水。

斑哥長得很快，羽毛都長齊了，阿宏看到斑哥的右翅膀下形成一個大大的斑點圖形，直到這時候，才給牠取了這一個名字——斑哥。

村落裡的人習慣在傍晚訓練鴿子。高高的鴿舍上不時看見有人揮舞各類選舉時候選人留下來的競選旗幟，也算是資源再利用。他們口中還不時吆喝著，不讓鴿子停下來。

鴿子一圈又一圈在天空盤旋，繞著自家的鴿舍飛翔，直到主人認為滿意了才收起旗幟，讓鴿子一隻一隻飛下來鑽進鴿舍，喝口水，吃些豆子。

這邊也咕咕叫，那邊也咕咕叫，好像辛勤工作一天的人們回到家，終於可以享受一頓豐盛晚餐般的快樂。

養鴿子、訓練鴿子也是阿宏每天例行的工作。對於這一點，爸爸倒是沒有什麼多大的意見，因為爸爸本來就喜歡養鴿子，他常說自己是和鴿子一起長大的。媽媽可就不同了，她從山上嫁到海邊來，山上生活苦，海邊過日子也不輕鬆。

「阿宏，將來你要做個吃頭路的人，坐辦公桌，吹冷氣。」

「在大太陽底下拿鋤頭好辛苦，拿筆桿比較受人尊敬。」

「拿筆桿的是文人，拿鋤頭的是鄉下人；文人按月領薪水，不愁餓肚子，穿上西裝，拎個公事包多帥！」

「你要好好讀書，給弟弟妹妹做個好榜樣！」

這些話阿宏不知聽過多少遍了，可是媽媽就像一台錄音機，不時地倒帶重播。錄音機播久了也會咬帶，媽媽卻不會，反而越播越順暢，奇怪！

有一段時期，媽媽不准阿宏養鴿子，認為阿宏荒廢了學業。但家裡不准阿宏養鴿子，他卻跑到鄰家去幫忙飼養、訓練鴿子。

阿宏也拜託外公和小舅舅跟媽媽求情。

媽媽拗不過阿宏，只好來個約法三章：「養鴿子可以，成績不准退步，一退步就免談；不准背著書包到處追著鴿子跑，不准——。」太多太多的不准，直把阿宏聽得快昏了頭。

阿宏信守承諾，學業表現讓媽媽無可挑剔，各類學藝競賽的

獎狀也貼滿牆壁。他從小就不讓爸爸媽媽失望，小學以鄉長獎的優異成績畢業，到了國中更加努力上進。他知道課業壓力沈重，更有升學的問題，可是血液裡就是遺傳了爸爸的因子，對鴿子這麼可愛的小動物有一份說不出的感情。

他養鴿子，訓練鴿子，在鴿子的背上掛個鴿笭；看牠們成群在藍天中飛翔，嗡嗡嗡，嗡嗡嗡，好多鴿笭聲同時響起，合奏一曲和諧快樂的樂章，在他的心底引起共鳴，所有加諸身上的課業壓力頓時一掃而空。

斑哥永遠飛在鴿群的最前頭，牠是領袖，別的鴿子背六寸笭，斑哥背八寸笭照樣飛在前面。

阿宏一心只想著斑哥，沒想到李雄突然來個緊急煞車，他沒抓穩，一頭撞上李雄的背：「搞什麼鬼？要停下來也不先說一聲。」

「噓！不要那麼大聲！」是吳麗華的聲音。她從一棵樹的後面突然閃了出來。

「吳麗華，妳不在家裡做內應，跑出來幹什麼？」阿宏馬上壓低了聲音。

阿宏和吳麗華在電話中聯絡過，要她負責打開鴿舍的門，他馬上要去把斑哥偷回來。

起初吳麗華猶豫著，但是一聽到阿宏擔心黑狗會對斑哥不利，只好硬著頭皮答應幫阿宏的忙。

「五分鐘後你們再過來，我爸爸和幾個會腳在院子裡討論明天拍賣鴿子和慶功宴的事，他們一喝酒就不會注意別的。」

吳麗華又說：「我家的鴿舍下有哈利守著，我回家帶著哈利去散步，你們就利用這段時間去救斑哥。」

「小心！不要被發現了！千萬小心！」吳麗華不放心，一再地叮嚀著。

李雄心中實在害怕被發現，他說：「明天在拍賣會上買回來就好了，頂多多花個幾百元，何必冒這個險？」

「不行！萬一斑哥流血太多，恐怕撐不到半夜就死了。無論如何，現在一定要把斑哥帶回去。」阿宏說得斬釘截鐵。

吳麗華家是三合院式的建築，院子裡燈火通明，有幾個大人圍著桌子喝酒划拳，大家大聲講著話，又不時傳出哈哈的大笑聲。

今年的背鴿笭比賽，頂洲里又贏了；紅茄里還有九個鴿笭沒背回去，外加一百三十七隻「戰鴿」被頂洲里俘擄了。

頂洲里紅腳會的吳會長正在宴請重要會腳，他們連續贏了兩年的鴿笭大賽，當會長的面子真是增光不少；雖然沒有輸贏的獎金，不過吳會長將來要競選鄉民代表卻是大大提高了知名度，也難怪他酒喝得特別多，笑得特別大聲了。

鴿舍在屋子後面，兩人把腳踏車藏在巷道，躡手躡腳一步步潛近鴿舍，馬上聞到一股鴿屎的臭味道，還聽到鴿子的咕咕聲，偶爾會有一兩下翅膀拍打的聲音。

李雄在下面守著，阿宏小心地沿著梯子爬上鴿舍。

鴿子一陣騷動，咕咕地叫得更大聲。

鴿舍沒有點燈，黑漆漆的；裡面關了不少鴿子。

「斑哥！斑哥！」阿宏小聲呼叫著。

以前斑哥一聽到阿宏呼叫，會立刻飛到他的手上來，並且咕嚕嚕、咕嚕嚕的叫著，一副惹人憐愛的模樣，現在阿宏的呼叫竟然沒有反應。

「莫非？……難道？……」阿宏不敢再往下想，努力張大眼睛，仔細搜尋。

「找到了沒？快一點啦！」李雄在下面不斷小聲的催促。

還是沒有斑哥的影子。

「阿宏！快下來，好像有人來了。」

果然有兩個人歪歪斜斜地走到鴿舍旁，一手扶著柱子一手解開拉鍊，還打著酒嗝。啤酒喝多了，他們來小便的。

其中一個人說：「老李，明天晚上再喝！我在廚房藏了幾隻又肥又大的鴿子，明晚宰了下酒。」說完又打了一個酒嗝。

另一人馬上接話：「吳會長！不不！應該……應該稱呼您吳代表啦！明晚一定……明晚一定到！你要競選代表，我是……我是……挺到底，包在小弟我身上。」

講話咬著舌頭，聽不很清楚，但是胸脯卻拍得啪啪作響。

阿宏嚇出一身冷汗！看來斑哥是被藏在廚房準備宰殺，這根本違反比賽規則；按照約定抓到鴿子要交給紅腳會，領取一百元獎金；鴿笭可得還給飼主，因為鴿笭完全靠手工，珍貴異常；更重要的是要善待鴿子，雙方保持「君子風度」。

過了一會兒，吳會長又和那個人到前院去喝酒了。

阿宏趕緊下來，李雄也聽到他們的談話，兩人不約而同潛行到廚房，隔著窗戶向裡面搜尋；廚房裡面沒有人，也沒有點燈，靜悄悄的。

斑哥到底被藏到哪兒呢？

兩個人在廚房門口探了一陣子，也沒有聽到任何聲響，正要闖進去時，廚房的側門忽然打開，牆壁上五燭光的小燈泡也同時亮起，把

兩人嚇出一身冷汗來。

「阿宏！是我啦。」原來是吳麗華的媽媽。

阿宏小時候常常到吳麗華家作功課，阿宏人乖巧又有禮貌；吳麗華的媽媽對阿宏印象很好，上了國中兩人還經常利用電話討論功課。

斑哥被抓的事吳麗華大概也跟媽媽說了。

「阿宏，斑哥在這裡，快點兒帶回去包紮吧！」吳媽媽柔聲的說。

阿宏接過斑哥，來不及說聲謝謝；兩人跑到放腳踏車的地方，不遠處的樹下隱約有一個女孩的身影和一隻狗站在那裡，阿宏向那裡揮了揮手，坐上李雄的腳踏車飛快離開。

6 會鑿鴿笭的老阿福

國二暑假過了，接著升上國三。

最近這一段時間，阿宏很少放飛鴿子，大多由爸爸在鴿舍上揮舞旗幟，訓練鴿子的體力與耐力。

李雄大概也感受到升學壓力，來阿宏家的次數少了，大家都把升上明星高中看做是人生里程最重要的一步。

阿宏心疼斑哥受傷，更加細心照料牠，還沒復原之前他不敢讓斑哥飛翔。

一個星期日下午，阿宏作完惱人的數學習題，覺得心情悶悶的，

騎著腳踏車出外透透氣，不知不覺來到大榕樹下。

土地公廟依舊繚繞著裊裊清煙。

老阿福依舊低頭專心鑿著他的鴿笭。

臭木仔的味道依舊隨風鑽進鼻孔。

「阿福伯！」阿宏打招呼。

「哦！阿宏！」老阿福抬起頭來：「先跟土地公伯燒個香。」

阿宏知道阿福伯是土地公的虔誠信徒，所以就照著他的話去拜拜。

老阿福等到阿宏把三支香插上香爐後才說：「斑哥復原得怎樣？」

斑哥的事，老阿福全知道，這當然是李雄向他報告的。

「恢復得差不多了，只是瘦得很，體力恐怕無法跟以前相比了。」

「那倒不一定，看你怎麼訓練牠。」老阿福一面端詳手中的鴿笭，一面說。

「牠以前有那種好體力，雖然受傷了，但只要調理得恰當，還是可以跟以前一樣好的，有沒有聽說過『打斷手骨反倒勇』這句話？」骨頭折斷了，兩邊的斷骨會自行衍生骨質癒合，互相接合的地方因骨質增加強度反倒提昇。這些生理常識阿宏倒是有聽人說過，到底是否正確那就不曉得了。

老阿福說：「不要心疼牠而不敢訓練牠，鴿子和人一樣，你越不想動，就真的不能動；你不讓斑哥飛，久了，牠自然就不會飛了。」

「真的嗎？」

「鴿子是聰明的鳥兒，一站一站的放飛，牠會認得回家的路，不管距離多遠，只要牠飛過的地方，牠都記得，這是牠的天性！」

「背鴿笭也是一樣！一開始給牠背一個六寸的小笭，牠也會覺得

重得像石磨；一次又一次，讓牠習慣之後慢慢再加大、加重，牠就不覺得重了。」

這是「重量訓練」，阿宏在體育課上過。每到了體育課的「重量訓練」，同學們叫苦連天，動都不想動；一個個哀聲嘆氣，活像是七老八十的老頭兒。

「你們真像一群肉雞！」體育老師總是沒好氣地說。

肉雞長得快，肉質鬆，放在外面一陣小小的風吹雨打，也許就會死翹翹。

山上的土雞餐風露宿，小小的個兒，卻強壯得不畏狂風暴雨。

斑哥尾羽被拔光，流了不少血。偷回來的那天晚上，阿宏整夜沒闔眼。

日子一天天過去，斑哥傷勢漸漸好了，尾羽又長齊了；阿宏還是不敢將斑哥放飛，唯恐斑哥受不了；但是現在卻聽到阿福伯這樣說，仔細想想極有道理的。

「阿福伯，你也會放鴿子？」

老阿福笑了笑，說：

「小時候我不但會放鴿子，小學四年級時就會鑿鴿笭呢！」

鴿笭用長在水邊的「白楊木」鑿空而成。白楊木質地輕，是做鴿笭的主要材料；取得白楊木後，得先把它泡在水裡三個月，等到白楊木泡軟了，再截取適當長度展開鴿笭製作；白楊木泡水三個月，木頭雖然變軟了，可是會發出臭臭的味道，所以也叫做「臭木仔」。

泡軟的白楊木可以鑿成薄薄的笭蓋，笭蓋中間鑿個斜斜的風口，鴿笭底部也是用極薄的木片削成；笭身外圍覆上檜木皮作成圓筒，這些都是為了減輕鴿笭本身的重量而設計的。

把鴿筌放在鴿子背上，再用插子在鴿子尾羽的地方固定好，當鴿筌隨著鴿子飛起來，風從鴿筌上方斜斜的風口灌進筌肚，產生風管作用使氣流盤旋而出，這時候鴿筌會發出持續不斷的嗡嗡聲；這種鴿筌聲一響起，就會引得路人仰頸而望。

傳說這是以前海邊人家用來防禦海賊的方法。

古時候交通不發達，而且謀生不易，住在海邊的人除了捕魚之外，田地上也缺水灌溉農作物，只能種些容易長大的植物，例如蕃薯；所以平原上有人嫁到海邊去，大家都會說上一句：

「嫁去海邊？要去那邊吃蕃薯啊？」

以前海邊的生活相當清苦，土地也相當貧瘠，僅有的一點收成如果被沒良心的海賊搶了的話，那一年就只好挨餓了。

海賊出沒無常，府衙的官兵又管不到海邊來，這兒的人只好自力救濟，在海邊架設瞭望台，一有動靜馬上將很多背著鴿笭的鴿子放出去；嗡嗡聲代表海賊來了，大家馬上準備鐮刀鋤頭合力抗賊。

這些都是以前老阿福說給阿宏和李雄聽的。

老阿福在本村落裡算是一個傳奇人物。小時候住這裡，小學畢業就到北部闖天下，聽說開了好幾家工廠；前幾年突然又孑然一身回來，住在以前的破房子，祀奉土地公成了他的工作。為什麼對土地公那麼虔誠？他不說，別人也不問。每天一大早必定抱著幾段臭木仔和鑿刀到大榕樹下來，先把土地公廟周圍的落葉打掃乾淨，點三支香拜一拜，接著擦拭供桌，然後斟上三杯清茶，無論晴雨從不間斷。廟裡面的工作做好了，他會坐在大榕樹下的小板凳上，低著頭專心鑿他的鴿笭。

鴿笭是背笭比賽中的要角，也是整個背笭比賽活動的靈魂跟勝負

關鍵；老阿福親手製作的鴿笭，笭身輕巧聲音響亮，好多人都爭相跟他購買。他賣的價錢很便宜，可以說半買半相送。

他的話不多，每天專心地鑿著一個又一個的鴿笭。不過，他倒是與阿宏和李雄特別投緣。

土地公廟是阿宏和李雄上學放學必經之路，到土地公廟跟土地公燒香拜拜，好像也成了阿宏和李雄的例行工作。

阿宏拜得很誠心誠意的，他認為土地公是守護一方的神明，是一個非常仁慈又了解民間疾苦、存心要幫助大家的老好人。

李雄就有點兒嘻皮笑臉的，每次都胡亂用手揮兩下就算拜過了；這當然會引起老阿福的斥責：「土地公最靈驗了，你不好好拜祂，等到你有事，祂也幫不了你。」

有人向老阿福說：

「既然你那麼相信土地公，為什麼不叫祂給你幾支明牌，簽中了就是百萬大富翁了，也不必每天辛苦的鑿鴿笭。」

老阿福聽了只是笑著搖搖頭，並不答話。

聽說，老阿福還有一個小弟弟，因為家裡窮養不起，在小弟弟五歲的時候只好送給別人。又聽說，老阿福很疼他這個小弟弟，因為小弟弟患有小兒麻痺症，走起路來歪歪斜斜的，老阿福成天跟在小弟弟身邊照顧他。這一點阿宏倒是聽見伯伯、叔叔們片片段段地提過，但不知是真是假，他也不敢問阿福伯他們所說的是不是真的。

村裡的人說，老阿福小時候就很會鑿鴿笭，形狀輕巧，聲音好聽；而且是無師自通，看別人做自己就會了。

老阿福的小弟弟要送人的那一天，老阿福把一個小小的鴿笭送給弟弟，就在大榕樹下的土地公廟旁，兩兄弟相擁大哭了好久。

如今，老阿福一直在大榕樹下鑿鴿笭，是不是在期待著些什麼呢？有時侯，老阿福會放下手中的鑿刀，抬頭望著村莊入口的道路出神，是不是也企盼著奇蹟出現？

阿宏從土地公廟回到家時，卻意外看到有一輛很眼熟的小貨車竟然停在院子，猜想大概是小舅舅下山來了。他衝進去，果然看到小舅舅坐在客廳和爸爸講話。

「舅舅！」阿宏看到小舅舅，高興得不得了，馬上上前拉著小舅舅的手，問道：「舅舅，你什麼時候來的？阿公有沒有來？」

小舅舅看到阿宏，笑著說：「我剛剛才到，還坐不到三十分鐘哩！阿公沒下山來，母山羊昨晚又生了兩隻小羊，阿公要照顧牠們呢！」

「晚上是不是住在這裡？我有好多話跟你說呢。」阿宏非常期待

小舅舅在這裡住一晚。

爸爸說：「阿宏，不要纏著小舅舅，他現在可忙得很，等一下又要回到山上去了。」

「什麼事情那麼趕？連住一個晚上也不行嗎？」阿宏一聽小舅舅馬上又要走，心中難掩失望之情。

小舅舅說：「我沒時間住在這裡，你可以去住我那裡啊！」

爸爸也接著說：「下個月阿公要過八十大壽，阿公疼你，特別選了一個星期日，讓你可以到山上去玩一玩。」

阿宏驚喜地說：「真的！太好了，好久沒見到阿公了，能夠到山上去，真是太棒了。耶！太好了！」

媽媽端了一盤切好的柳橙出來，笑著說：「阿宏，看你！高興成那個樣子；都半大不小了，還像小孩子一樣。」

「小舅舅，那個星期五的晚上你就先下山來載我上去，好不好？我想早一點到山上去。」

「不行！」爸爸說：「那幾天小舅舅沒空，星期六再和我們上山就行了。」

「為什麼沒空？反正筵席在餐廳給人包辦，根本不用忙什麼啊！」阿宏執意要小舅舅前一天就下山來載他。

小舅舅說：「今年的筵席要在家裡自己辦，恐怕不去山下的餐廳了。」

阿宏張大了眼睛說：「請客要自己辦桌？那麼多桌要怎麼弄啊？」

小舅舅說：「筵席要在家裡自己辦是二姑婆先提起的。前幾天二姑婆叫我去她家，她說你阿公認為大家到餐廳去吃喝一頓也沒什麼意思，不用過什麼八十大壽啦。但是二姑婆明白你阿公話中的含意

……。」

阿宏說：「本來宴客不都這樣嗎？時間一到，所有賓客和主人都到餐廳去；裡面有冷氣，裝潢又很氣派，舒舒服服吃一頓不是很好嗎？」

小舅舅說：「二姑婆說你阿公跟她閒聊半天，知道你阿公他很懷念以前山上宴客的方式。」

「以前山上宴客跟現在又有什麼不一樣？」

「那是大大的不同囉！一家有喜事，全村總動員！主人家要來個大掃除，把家裡內外整理得煥然一新；女人要做新衣裳，要挽面做頭髮；男人則要挨家挨戶去請人家來幫忙，還要親自去送請帖；又殺豬又宰羊的，簡直忙翻天了。」

「那不就很熱鬧嗎？」

「當然熱鬧啊！就算你不去請人家，人家也會自動來幫忙。親戚在前一兩天就會回來住，大家見了面總有說不完的話，你阿公就是懷念這一種感覺；所以我和你大舅舅、二舅舅商量之後，大家決定這一次在山上自家門前辦酒席慶祝阿公八十大壽，讓你阿公高興高興。」

「真的！自己殺豬啊？」阿宏好像感染到那一份全村總動員的熱鬧嘈雜的氣氛，情緒也高昂起來。

「阿宏！讓小舅舅喝口水休息一下，不要一直纏著小舅舅。」媽媽說：「等一下小舅舅還要到鎮上去，有很多事情要忙呢！」

「小舅舅，我帶你去看我的斑哥。」阿宏一手拉著小舅舅，就往鴿舍跑。

鴿舍用很大的鍍鋅鐵管做支架，大約有兩層樓高，木製的鴿舍架在平台上，旁邊插著一些競選過後收集來的旗幟，隨風飄動；鴿舍裡

面有電燈、水龍頭，設備滿齊全的。兩人沿著梯子上去，關在裡面的鴿子聽到人聲，引起一陣小小的騷動，翅膀拍動的聲音、咕咕的叫聲顯得有些不安。

鴿舍內部高度大約有一個半大人高，所以進入鴿舍並不需要低著頭。鴿子一看見阿宏，立刻爭先恐後飛下來，有的停在肩膀上，有的停在腳邊，咕咕、咕咕地叫著要食物。

阿宏把停在左肩膀上的那一隻捧在手掌中說：

「這就是斑哥！」

小舅舅一看，斑哥真的比其他鴿子的體型大了一些些，眼光清澈，看樣子體能應該也不錯才對。

阿宏把斑哥的翅膀打開，指著斑點的地方給小舅舅看，又把斑哥的尾羽打開，指出牠被黑狗拔掉尾羽的部分。

「黑狗真是沒人性，就算鴿子被抓，也不可以這樣虐待戰俘啊！斑哥牠能不能再飛？」

「應該可以，我已經開始放飛牠了，只是不敢給牠背上鴿笭，恐怕牠還不能負荷！」

「賽鴿笭的日子不也快到了？到底是什麼時候？」

阿宏想了想：「每年農曆二月就是賽鴿笭的日子，大概還有四個多月吧！」

「我看斑哥要加緊練習，要讓牠再度習慣背鴿笭；否則日子一到，背不動鴿笭再被抓的話，恐怕更糟！」

媽媽在鴿舍下面喊著要他們快下來吃飯，小舅舅還要回到山上去，太晚了山路不好走。

阿宏一面下梯子，一面說：「小舅舅，等一下我把斑哥和幾隻鴿

子裝在鴿籠裡，請你帶到山上去。」

「為什麼？學校要考試啦？」

「不是！因為爸爸剛好要參加聯誼會的自強活動，而且過兩天我們要畢業旅行，三天兩夜呢！這幾天就麻煩你照顧斑哥牠們；我一旅行回來馬上打電話給你，你再放牠們飛回來，好不好？」阿宏一想到要和斑哥分開，心中有點捨不得。

吃過飯，阿宏早把斑哥和其他六隻鴿子裝在鴿籠裡交給小舅舅。

小舅舅發動車子的時候，阿宏一再拜託他要記得餵食，記得換上乾淨的水，還有千萬注意不要被野貓或蛇給吞了。

小舅舅聽了，笑笑地說：

「放一百個心，高高興興去旅行吧！」

7 畢業旅行

阿宏那一個年級有三個班，分乘三輛遊覽車往台北走，大家都很興奮。在車上又說笑話又唱歌，吵吵鬧鬧地，暫時撇下繁重功課的壓力，盡情享受快樂的畢業之旅。

在車上不曉得那一個帶頭起鬨，要阿宏和吳麗華對唱情歌。

「吳麗華歌唱得最棒，要唱歌，要唱歌！」

「阿宏的歌喉也不錯，兩人合唱一定很好聽。」

「快點，唱一首『雙人枕頭』。」

「哈哈……雙人枕頭，讚！快唱，快唱！」

阿宏只是笑笑，不置可否，他覺得吳麗華長得很漂亮，功課又棒，本來就是他心儀的對象；加上班上同學有意無意的捉弄，他們兩人早就是公認的「班對」。

吳麗華在這樣子的情況下，自然會覺得不好意思，雙手忙著向外推，硬是不接麥克風，口中一直說不要不要，卻又羞紅了臉，用眼角偷瞄阿宏。

坐在後座的黑狗一臉陰陰的表情，看不出他在想什麼，眼光只是望著窗外，好像車上的喧鬧都與他無關，緊抿著嘴唇，不發一語。

到了傍晚，他們在一處休息站下車吃晚飯。

阿宏走著走著，老是覺得背後有雙眼睛緊盯著他，讓他感到很不自在。

「阿宏，你有沒有看到？黑狗的眼光好可怕！」李雄在吃飯時，小聲地對阿宏說：「他好像吃錯藥了，一副要找你打架的樣子。」

「我又沒對他怎樣，他幹嘛要找我打架？」阿宏也覺得黑狗怪怪的。

「我看一定和吳麗華有關。」李雄說。

「吳麗華？怎麼會呢？」

「他一直在追求吳麗華，但是吳麗華都不理他，反倒是你常和吳麗華在一起說話，他的心中一定不舒服。」

「什麼話嘛！吳麗華是康樂股長，我是副班長，有許多班上的事情要聯絡啊！像這次畢業旅行……。」

「反正黑狗不講道理，就跟他爸爸一樣。他爸爸整天醉醺醺的，也不管黑狗的事情。剛才大家在車上要你和吳麗華合唱情歌，我看黑

狗吃醋了，你要小心。」李雄倒是觀察入微，一直提醒阿宏。

「管他的，他又不能把我怎樣；像他那種人，不要說女孩子，連男孩子都不會喜歡他的。」

黑狗真是一個問題學生，除了在班上作威作福之外，最近經常和一幫中輟生混在一起。有了這幫中輟生做靠山，黑狗的行為變得更囂張，公然在學校抽菸，又躲在儲藏室後面的角落吸強力膠，同學們都曉得，唯獨導師被蒙在鼓裡。

黑狗在班上撂下狠話：

「誰敢當報馬仔，別怪我不客氣！不只你自己要小心，你家的弟弟妹妹更要好好小心。」

兩個村落範圍並不很大，誰是誰家的大哥，誰是小妹，多大年紀，讀哪一所學校，每一個人都一清二楚。

同學們個個明哲保身，只求黑狗不要找上自己就好，誰還管他去當太保流氓？萬一惹禍上身那多划不來。

阿宏有幾次想向老師報告，但是這種打小報告的事情他做不來，在週記上也絕口不提，他認為一個人的所作所為要自己負責，變好變壞也是自己的決定。

在國小的時候，阿宏很同情黑狗的處境；黑狗的父親是個酒鬼，母親早就離家出走，全靠他的阿嬤辛苦照顧他。也許是環境逼得黑狗處處要逞強，耍威風，以免被別人瞧不起，所以才會有比較粗暴的行為發生；沒想到上了國中，行為越來越偏差，好事不做，壞事樣樣都來，他是一個令全校老師頭疼的學生，都巴望著他趕快畢業，好把這個問題人物送走。

阿宏他們住的旅館不算豪華，甚至還有點老舊，裝潢都過時了；

但也許是價格比較便宜，所以也有中部一所學校辦的畢業旅行和他們同住在這一家旅館。

這下子，兩所學校的帶隊老師們緊張了。很多國中大都會利用上學期這個時候舉行國三畢業旅行，下學期好全心全力準備升學事宜。透過旅行社的安排，食宿全由旅行社接洽包辦，所以這兩所國中事先並不知道會住同一家旅館。

發生過太多的案例，不同國中學生住在同一家旅館準會生事，所以大多儘量避免有這種事情發生，可是現在才發現已經太遲了；帶隊老師只好各自嚴加告誡本校學生不得惹是生非，並且默默向上蒼祈禱天趕快亮，好早早帶隊離開。

阿宏的學校是靠海的小型學校，平常很少有機會上大都市來；大都市熱鬧繁華、車水馬龍的街景讓這一群鄉下學生個個嚮往不已。

房間分配好了之後就是自由活動時間，在學校出發前一天，班導師就一再叮嚀：不可以做這、不可以做那，小心小心之外，還是小心；可是說歸說，根本沒幾個人聽進去；自由活動時間一到，三五成群的拉著一票同學就衝出旅館去了。

李雄當然和阿宏一起逛街，五光十色的霓虹燈爭奇鬥豔，光怪陸離的百貨櫥窗常引得他們發出一聲聲的驚嘆，人如流水車如龍，要橫越馬路真比登天還難。

「哪來那麼多車啊？每一輛都拚命往前衝，開得那麼快幹什麼？」

「街上的人也是那麼多，又走得匆匆忙忙的，到底在忙些什麼？」

阿宏、李雄和幾個同學走在紅磚道上，一面欣賞都市夜景，一面你一句我一句天南地北地閒聊。

「阿宏，我要先回旅館了。」李雄突然對阿宏說。

「還早嘛！老師說可以玩到九點哪！」

「我肚子痛得要命，我要先回去上大號了。」話一說完，李雄就一手撫著肚子快步往回走。

「要不要我跟你回去？」阿宏大聲問。

李雄頭也不回，只用手搖了搖，示意阿宏不必跟著回去。

「也好！反正難得上大都市，再走一段路才回去吧！」阿宏心想，李雄大概吃太多了。每到一個遊覽區遊玩，李雄下車的第一件事就是忙著買零食，大包小包的提著，他真的夠資格當採購團的團長。

阿宏大約一小時後才回到旅館。

一踏進旅館大門，恰好看見李雄從裡面衝出來，氣急敗壞地說：

「阿宏！快，快跟我走！」

阿宏被李雄沒頭沒腦地拉著，跑進旅館旁邊一條陰暗的小巷子。

阿宏連忙問：「到底發生什麼事了？」

「他們要打架！」

「誰？他們是誰？」

「黑狗和別學校的。」

「啊！怎麼會這樣？」阿宏緊張起來，他們兩人快步在小巷道中跑著；小巷道暗暗的，阿宏好幾次險些跌倒。

「你有沒有告訴老師？」阿宏問。

「我在廁所聽到他們要打架，還來不及告訴老師，先去幫忙要緊。」

「李雄，你快跑回去告訴老師，我先過去看一看。」

「這……這……」

「快！快回去！」阿宏一面催促李雄，自己則加快腳步往前跑。

不遠的巷道盡頭果然聽到有人叫罵聲，其中一個聲音是黑狗的，其他的聲音應該是另一所國中的學生，聽起來應該不只兩個人。

突然，阿宏聽到一聲悶哼，接著就傳出有人倒地的聲音。他心中一急，腳步又加快了許多。

隱約中，他看到真的有人躺在地上，暗暗的，看不清楚是誰，不過他猜那一定是黑狗，因為持續大聲叫罵的聲音好陌生，他們是另一所國中的學生。

「逞什麼英雄？呸！不知死活。」有人叫罵著。

「吹個口哨又不會死，敢跟老子嗆聲？打！再打！」看樣子，講話的這一個是另一所國中學生的頭頭。

阿宏靠近了，躺在地上的是黑狗沒錯。他正抱著肚子蜷縮在地上呻吟，也許是受了重擊，一下子站不起來了。

有三個另一所國中的學生圍在黑狗旁邊，每個人手上都拿著一節短木棒，其中有一個高舉著木棒就要用力敲下；這一棒如果打中的話，黑狗恐怕要在床上躺個半年。

情急之下阿宏大喊一聲：「黑狗，快閃開！」顧不得危險馬上衝上去抱住黑狗滾向一旁。

就在同時，阿宏後腦勺受到重重一擊，一陣劇痛後，整個人撲在地上就昏了過去。

等到阿宏清醒過來，發現自己躺在旅館房間的床上；李雄和幾個分配到同睡一間的同學全圍在床邊，瞪大了眼睛焦急地看著他。

「呼！還好醒了！」李雄說：「差一點我就要去報告老師了。」

阿宏覺得頭很痛，他伸手一摸，額頭上有一條濕毛巾，後腦勺也腫起一個小肉包，他用手指搓一搓，好像沒有流血；不過，一碰到就如同被針尖刺到一般痛得要命。

「李雄，剛才你的意思是說這一件事情老師還不知道？」

「還不知道。」李雄搖了搖頭。

「我不是跟你說要趕快去叫老師來嗎？」

「黑狗的死黨剛好在巷口碰到我，我一說要去報告老師，他們就把我拽住不讓我去。哼！還說是什麼死黨，出了事竟然見不到半個人影。」李雄抱怨個不停。

「他們為什麼要這樣做？」阿宏覺得後腦勺好痛，轉身側躺。

「他們說黑狗再惹事會被學校轉送去慈暉班，這樣一來，黑狗的阿嬤哭都哭死了。」

一個縣市會有一兩所國中設置「慈暉班」，專門招收一些行為偏差的問題學生，從特別設計的課程教學中慢慢感化他們，導正他們的

行為。但是慈暉班是集中管理，是要住校的。

黑狗的爸爸遊手好閒，不管家務事，黑狗的生活起居全由阿嬤照料。黑狗雖然行為不良，卻是他阿嬤的金孫、心肝寶貝。

但是黑狗實在是學校的一大問題，訓導主任早就給他下了最後通牒，以後再惹事的話不管阿嬤怎麼哀求，都要送他去讀慈暉班。

「黑狗是很可惡，可是他阿嬤卻很可憐。」李雄停了一停，又說：「等我們趕過去的時候，只看到你躺在地上，一動也不動，黑狗則一直抱著肚子哀哀叫；別校的人早就不見蹤影了……。約好了一對一，想不到帶了人還帶傢伙，小人步數，真是過分，真是過分！」

「李雄！你怎麼知道他們約了要打架？又為什麼打架？」

李雄說：「我因為肚子痛先回來，一連跑了好幾次廁所，現在肚門還痛得很……」

「廢話少說！快說你怎麼知道的。」

「剛才最後一次上廁所，我剛關門蹲下來，接著就聽見有兩個人的腳步聲走了進來，他們一面小便一面說話。」

「他們說了什麼？」

「他們說得很小聲，好像是說他們老大要他們準備木棍，到旅館旁邊的小巷子教訓一個鄉下來的傢伙。」

「鄉下來的？」

李雄說：「我一聽到鄉下來的就緊張了，豎著耳朵想聽仔細，可是他們小便完就走了。我顧不得肚子痛，褲子一提馬上跑出來找黑狗，因為我想這件事一定跟黑狗有關。」

「你有先碰到黑狗嗎？」

「我在電梯前面碰到黑狗，他一臉怒氣沖沖的樣子，我想我果然

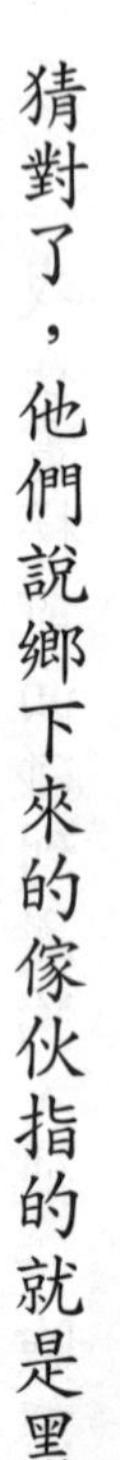

猜對了，他們說鄉下來的傢伙指的就是黑狗。」

「黑狗怎麼說？」阿宏坐起身子，緊緊追問。

「媽的！黑狗一開口就罵。」李雄說：「黑狗跟我說，他要給另一所國中的人好看，因為他們調戲我們學校的女同學。」

「調戲女同學？太離譜了吧！」

「黑狗說對方有人一直對著吳麗華吹口哨，還說要吳麗華當他的馬子。」

「簡直無聊！」

李雄又繼續說：「黑狗跟我說不能給老師知道。他說一對一釘孤支他不怕，一定要打得對方在地上學狗爬。他一說完就衝出去了。」

「你沒跟他說你在廁所偷聽到的話嗎？對方約了人，而且還準備傢伙呢！」

「黑狗脾氣暴躁，哪有我說話的時間？我正急得想不出辦法，剛好你回來了……。事情經過就是這樣子。」

「黑狗他人呢？我看到他倒在地上，不知道受傷了沒？」

「你不提他還好，一提他我就有氣！」李雄忿忿地說：「我們趕過去把你扶起來，黑狗也慢慢站了起來；他只看了你一眼，一句話沒說就走開了。我看現在他八成躺在床上看電視呢！」

「也不想想是誰替他挨了這一棍！」李雄又補上一句。

「好啦！大家沒事就好，反正我只不過是腦袋上腫了一個包包，過幾天就會消下去了。沒事，沒事！睡覺啦！」

8 外公八十大壽

阿宏外公八十大壽真的在山上辦桌請客。

星期六一大早，阿宏就一直催促爸爸媽媽快點兒準備上山去，又把弟弟、妹妹從床上挖起來，要他們快點兒刷牙洗臉吃飯。弟弟讀了小學，比較不會賴床，妹妹剛讀幼稚園，阿宏費了好大的勁兒才把呵欠連連的妹妹給騙到浴室去盥洗。

「好妹妹，動作快點好不好，今天我到山上抓兩隻竹雞給你，你就可以帶到幼稚園給小朋友看了。」

小妹妹一聽可以到山上抓竹雞，動作果然快了許多。

阿宏一家人到達山上時，已是接近中午時分了。

遠遠地就可以聽到擴音機傳來「八音」的吹奏聲音。山上人家有喜事，都會用個小錄音機播放「八音」的錄音帶，整天反覆播放，讓宴客會場顯得喜氣洋洋。

「這一定是阿公家的。」阿宏說：「幸好山上地廣人稀，如果在都市裡把聲音開得這麼大的話，不被抗議才怪！」

「這也是山上人家和都市人不同的地方。」爸爸說：「聲音大當然覺得吵，但也顯得更熱鬧；山上人家認為別人家有喜事，讓他們高興一下，大家忍一忍就過去了，不會有人去抗議的。」

阿宏外公家的院子已經用三面紅白藍三色塑膠布搭成一個棚子，棚子下面擺了十幾張四四方方的木製桌子，每一張桌子都配有四把長板凳；這種四四方方的木製桌子在平地很少看到了，沒想到山上人家竟然還保存這麼多。感覺上有點兒老舊了，但每一張桌子看得出都用力刷洗過，所以顯得很乾淨。

許多小孩子在桌子底下穿過來繞過去，大玩捉迷藏遊戲。

大舅舅、二舅舅一家人也都回來了，坐在客廳和阿公說話；在另一張沙發椅上坐著的是二姑婆、三姨媽。沙發前的茶几上放著瓜子、糖果和水果，二舅舅坐在最旁邊，他負責泡茶。

每一個人都很高興，尤其是阿公，笑得最開心。經年不在身邊的親人都回來了，住在別地方的親戚朋友也趕上山來；阿公剛和這一個打完招呼，另一個親戚又進到客廳來跟阿公說恭喜。

現在八音聽起來滿好聽的，並不會覺得太大聲而顯得嘈雜。

阿宏向阿公他們問好之後，就到處去找小舅舅；他在屋內的房間巡了一遍，卻沒看到小舅舅的身影，最後才在屋子後面的山溝邊找到小舅舅。小舅舅正和幾個年輕人在殺豬。

豬是黑色的，但不是山豬。山豬體型比較小，還長著長長的獠牙；這一隻躺在地上已經被放血的黑毛豬倒是肥肥大大的，是外公家自己養的。

山上人家或多或少會養五、六隻山羊或兩、三隻黑毛豬，自家養的山羊肉沒有羊騷味，自家養的黑豬肉也比較結實好吃。家家戶戶一定都會養土雞，土雞在還是小雞時由母雞帶著，白天在樹下草叢中找小蟲吃，晚上會自己回到雞籠裡面睡覺；等到長大一點點，母雞又要孵蛋時，牠會猛啄小雞，把小雞趕走，要小雞學著獨立生活。

山上人家是好客的，雖然菜色不怎麼精緻，卻很熱情地款待來訪的客人；平常省吃儉用，一旦有客人來了，他們會去抓一、兩隻土雞來，再去採一支麻竹筍，或去摘兩把野菜，蓄養在屋旁小水池的水庫魚也會撈一、兩條上來。如果客人比較多或事先有聯絡的話，殺頭山羊待客是常有的事。

有個年輕人認識阿宏，他看到阿宏來了，就說：「海口囝仔，你也來給阿公拜壽呀！」

小舅舅看到阿宏，高興地說：「你們什麼時候到的？我都不知道。我在忙，你自己去找你的朋友吧！……李雄有沒有來？」

阿宏說：「沒有，他家的魚塭堤防要整修，現在他正忙著搬磚頭做苦工哪！他一直抱怨阿公日子選得不對。」

「海口囝仔，你的鳥有沒有帶來呀？」剛才說話的那一個人問。

這問話有語病，惹得大夥兒笑了起來。

「這次沒有帶上山來，我們明天就要回去了。」阿宏不懂他們為什麼大笑，很正經地回答說。

阿公穿了一身新衣裳，頭上戴著一頂黑呢帽，衣襟還別了一串紅絲帶。棚子下面也搭起天公壇，那是祝壽拜拜用的；供桌上的牲禮有豬、羊、雞、魚、糖果餅乾、麥仔茶和紙錢等等，供品一大堆，堆滿了整整兩大張桌子。

香案早已擺好，鑼鼓手也就座；鑼鼓手有四個人，兩個吹嗩吶，一個敲鑼，另一個打鼓兼敲響板；這一幫鑼鼓手是二姑婆出錢請來替阿公祝壽的賀禮。有一個嗩吶手鼓足了腮幫子用力吹了幾下，其餘三個人就自動加入，又吹又打的，聲音雖然刺耳，卻顯得喜氣洋洋。

來幫忙的鄰居越來越多，屋子裡裡外外都不斷有人進進出出，每一個人都好像很忙，又都好像不忙，偶爾會到院子來看阿公帶一家大小跪在天公壇前拜拜。

一個紅頭法師穿著道士袍，手甩法索，腳踏七星步，口中念念有詞，一會兒要磕下頭去，一會兒又要站起來，剛揉一揉痠麻的膝蓋，又馬上要跪下去拜。挺折騰人的！

紅頭法師不時舉起號角「嘟敖、嘟敖」的吹著，吹得臉紅脖子粗。阿公卻始終面露微笑，一點兒也不以為苦；他健健康康活了這麼一大把年紀，兒孫滿堂，各有成就，他要藉著祝壽拜拜來感謝上天對他的厚愛與眷顧；唯一的遺憾大概就是阿嬤年紀輕輕就嫁過來和阿公一起打拚，可是去世得早，沒能享受晚年含飴弄孫的天倫之樂。

人生在世總會遇到些困難、波折，不可能樣樣都順了自己的意；萬一事情不順心或遭遇挫折，要學會面對，學會忍耐，更要試著去克服，試著去突破。

如果一碰到困難、挫折就灰心喪志，恐怕連老天爺都不會幫你。

這些道理都是阿宏每次上山來時，阿宏從阿公談話中的解讀。阿公對人生體驗豐富，又學會自處之道，所以活得很快樂。

那一天晚上拜拜到十一點多還沒結束，阿宏實在疲倦極了，只好偷偷溜去睡覺，身子一碰到床鋪馬上就呼呼睡著了。第二天早上一醒來，又看到昨天那一群人忙進忙出。

「他們到底有沒有睡覺啊？」

阿宏覺得山上人的體力實在夠好的。

中午宴會結束，親友陸陸續續告辭，鄰居們也把方桌、板凳一張一張扛回去，帳棚也拆下來了。阿公好像還沈浸在這兩天快樂的時光中，獨自一人坐在客廳喝茶。

大舅舅和二舅舅他們忙著把大包小包的行李放在車上，等一下他們又都要回到都市去，山上的老家又只會剩下阿公和小舅舅而已。

到了傍晚，阿宏他們也要回家了。

「阿公，到了背鴿笭比賽的日子，你和小舅舅一定要來喔！」

9 老阿福的小鴿笭

背鴿笭比賽的日子越來越近，天空中盡是鴿笭的嗡嗡聲，養鴿人家都利用時間加緊「操兵」。

頂洲里連贏兩年，早就放話要「三連霸」；紅茄里立志要扳回一城，以報一箭之仇。

頂洲里的吳會長有意參選下屆鄉民代表，這一戰對他更形重要，贏了比賽對選戰有加分作用，所以他志在必勝，誇下海口說若是能夠「三連霸」，他要送給頂洲里紅腳會會腳每人一輛變速腳踏車作為獎

勵。

紅茄里要雪恥復仇，從鴿子的選種到孵育，都經過嚴格挑選，養大的成鴿按照一定程序開始放飛、流路，之後才開始加掛鴿答訓練。

鴿答大小以底部圓周直徑為計算標準，通常背答比賽時的最大尺寸是一尺六分，雖然大小鴿答重量大都是在三兩左右，可是風從大鴿答風口灌進來所增加的風阻卻大了很多，鴿子飛起來是很吃力的，能夠一口氣背回一個都算是上上之選了。

雖然老阿福做過比一尺六分更大的鴿答，但那是外地人訂做的，純粹是擺設觀賞用而已。

老阿福更細心研究製作方法，將傳統的鴿答加以創新改良，讓鴿答更輕、聲音更響亮；他做的鴿答不但實用，還可以當成藝術品來觀賞。

鴿笭分成笭蓋、笭身和風口三大部分。

老阿福對製成鴿笭笭蓋的「白楊木」木材選擇有獨到的眼光，他一眼就能知道這一棵白楊木哪一段枝幹適合鑿笭蓋，哪一段雖然也可以但會比較重，鴿子背著就飛不高。笭身要用檜木片削得極薄又不會有裂縫才行。笭蓋中間那一個斜切的風口，角度要恰到好處才會發出嗡嗡的聲音，太斜或太直都不好，不但影響鴿子飛行的速度，發出的聲音也不一樣。

以前老阿福曾經拿出一個比五寸六分更小的鴿笭給阿宏和李雄看。看他小心翼翼地用雙手捧著，他一定很看重這個鴿笭。

「四寸八分的。」老阿福說。

「咦！這麼小！」阿宏對這個小巧精緻的鴿笭感到好奇。

「啊！滿重的呢。鴿子恐怕背不動吧？」李雄接過來在手中掂了掂。

「以前我一直想著要如何鑿出更大更輕的鴿笭，現在我倒覺得背那麼大鴿笭的鴿子好可憐；前些日子我找到一段上好的臭木仔就鑿成了這麼一個小鴿笭。」

「不要看它小就小看它，它的聲音一定是最好聽的。而且重量適當，用來訓練鴿子效果一定很好；阿宏，這一個小鴿笭送給你好了。」

阿宏為了讓斑哥也能參加背笭比賽，他用老阿福送給他的特製小鴿笭為斑哥做密集訓練；他要斑哥為爸爸的紅腳會贏得比賽，讓爸爸揚眉吐氣心情不再鬱卒。

冒雨出去放鴿子的結果卻付出慘痛的代價，至今不靠枴杖不能走路。

阿宏的腳傷一直無法復原，左腳使不上力。爸爸努力工作籌措醫藥費，媽媽則四處打聽哪裡有好醫師可以醫治阿宏的腳，讓阿宏可以早日站起來；可是南北奔波，大醫院、小診所、赤腳醫生及偏方都求過、看過，還是一樣沒起色。

每天晚上睡覺前，媽媽會用溫水幫阿宏按摩左腳受傷的地方。

「不要讓這裡的神經壞死！否則一旦肌肉萎縮那就真的永遠站不起來了。」醫生看多了，阿宏的媽媽也會講一些醫學名詞。

阿宏看到媽媽白天這麼勞累，晚上還得為他按摩復健，心中真是難過萬分。

「媽！我自己按摩就好，總有一天我會再站起來的。」

「你自己按摩力量不夠大，復原的情形比較不好！我不累，沒關係！」

農曆年都過了，阿宏的腳還是沒有好起來。

有一天下午放學，阿宏坐在李雄腳踏車後座，他們來到大榕樹下，看到老阿福正在打掃土地公廟前的落葉。

「阿福伯！那個小鴿笭的聲音真好聽，嗡嗡聲之中會聽見滴溜滴溜的笭聲，光聽見這種聲音，心中就覺得很舒暢。」阿宏說。

「這就對了啊！本來背笭就是一種休閒活動，不必在意笭的大小和輸贏，歡喜就好嘛！」

「嗯！歡喜就好！」老阿福重複地說。

「現在你的腳還是要靠枴杖？」雖然看見阿宏的枴杖就倚在腳踏車旁，老阿福還是忍不住問了一聲。

「沒辦法，我一放手就跌倒，平常在家也要扶著牆壁才能移動。」

「醫生怎麼說？」

「醫生看了好多個，也查不出原因；有一個醫生說了一大堆我聽不懂的專有名詞，好像提到什麼刺激之類的話，我也聽不明白。」

老阿福過來摸摸阿宏的腳，搖了搖頭，也不知該說些什麼才好。

10 決戰時刻

農曆二月二日，背鴿笭大賽正式登場。

比賽雙方摩拳擦掌了大半年，終於等到這一天了。

雙方請來公正人士，訂定了各自的起飛點和中界線。

中界線是橫在兩村落中間那一道長長的灌溉小溝渠，用自家村落紅腳會的旗幟一插，就算進入比賽狀況了。從今天起，要派出哪些鴿子去對方村落背鴿笭，那算是天大的機密，除了少數幾個核心幹部之外，誰也不知道。因為兩軍交戰，任何有關的事情都不能讓對方得

知。

開戰首日，上午九點多，紅茄里紅腳會莊會長率領會腳，有的騎機車有的開小發財車，用藤製的鴿籠載著一百五十多隻笭鴿向頂洲里出發，拉開了比賽序幕。

出發時，男女老少大家齊聲吶喊加油，雖然恐怕鴿子受到驚嚇不敢放鞭炮，但是場面仍舊非常熱鬧，士氣也高昂萬分。

算一算，連同去年沒背回來的九個笭，今天總共要背回一百二十九個才算過關；萬一有一個沒背回來，那今年也就不用再比賽下去了。

到了放飛地點，莊會長開始指示哪一些鴿子背多大的笭，哪一些鴿子暫時不掛笭，只讓牠們跟著飛，算是跟著前輩勇將見習一番。

掛好笭的鴿子再度關回鴿籠，靜靜等待比賽時間到來。

上午九時半，比賽時間到了，紅茄里帶來的鴿籠同時打開來，會腳們將鴿子一隻隻拋向空中，在場圍觀的民眾也齊聲吆喝助陣。嗡嗡聲、叫好聲，使場面熱鬧滾滾。

不到半小時，帶來的一百二十九個鴿笭全數由紅茄里的笭鴿背回去了，不過也折損了八隻鴿子，這些飛不過中界線而被捕獲的鴿子將淪為被拍賣的命運。

第一次只被捕八隻，成績還算是不錯的。

第一回合上半場，紅茄里輕鬆過關。

隔天早上舉行第一回合下半場比賽。這次換頂洲里紅腳會載運鴿子到紅茄里背鴿笭；牠們要背回一百二十個笭，尺寸不大，只有五寸六分到六寸而已，大小差不多是把一磅裝的奶粉罐從中間切成兩半那麼大。

九點半，比賽時間一到，頂洲里在不到二十分鐘內就把現場一百二十個笭全數背回，一個都不剩，被俘獲的鴿子也不過三隻而已。頂洲里成績相當亮麗，果真有備而來。第一回合結束，雙方戰成平手。

農曆二月四日。

第二回合的比賽開始，這次加大了鴿笭的尺寸，由六寸六分到八寸二分都有，也是要背一百二十個。鴿笭加大，鴿子背起來就比較不那麼輕鬆了。

紅茄里用一百六十多隻鴿子才將一百二十個鴿笭背回來，飛不過中界線被對方捕獲的鴿子有三十二隻之多，時間也用了一個半小時。

頂洲里的紅腳會雖有實力，但也派出一百四十多隻鴿子，用了一小時二十分才將一百二十個鴿笭背回去，有二十八隻鴿子被抓，其中

又有三隻飛得不知去向。

第二回合又打成平手。

二月六日。

天空陰陰的，好像快要下雨的樣子，雙方同意暫停休兵一天。

二月七日。

天氣放晴，戰鬥又起。鴿筿由八寸六分到九寸二分，困難度增加了；雙方事先約定鴿筿大到八寸六分以上時，只要背回一百個就算過關。

雖然每個鴿筿重不過三兩，但是每加大一寸，圓筒容積部分就倍增；風灌進去越多，阻力也越大，鴿子要往前飛，可說是困難重重。

雙方一來一往，戰況越來越激烈，人們談論的焦點都是集中在比賽的消息。

「今天過關了沒？」

「許文山家的戰鴿還剩幾隻？」

「他們的鴿子被我們抓到幾隻？」

還有哪一家的屋頂被捕鴿子的人踏破了，誰家的菜園被人踩爛了，誰家的鴿子連飛都飛不起來，哈哈……。

大家高興地談論著比賽時的點點滴滴，誰輸誰贏好像不是那麼重要，比賽的趣味高於一切。

比賽持續進行了二十多天，頂洲里被捕的鴿子有一百五十多隻，紅茄里則有一百七十多隻成為對方的戰利品。

到現在為止雙方都能夠在規定時間內背回全部鴿笭，至今仍分不出勝負。

能夠背大笭的鴿子越來越少了。

雙方都將主力戰將留到最後。

背一尺以上的大笭非百中選一的戰將不可；太早派出去背笭，萬一馬前蹄失被捕，那就太不划算了；而且這些體力、耐力特別好的鴿子也要時時保持最佳戰鬥狀態，千萬不能輕易出手，讓對方看穿底牌。

背鴿笭比賽，就像兩軍交鋒，由主帥調度一切；雙方更派出刺探打聽敵情。外地人如果在比賽地點說話不得體，輕則遭人白眼，重則有被追打的可能。

兩個村落為比賽鴿笭而忙得不可開交；阿宏他們也被永遠考不完的複習考搞得喘不過氣來。

李雄天天用腳踏車載阿宏上學，放學時也習慣到大榕樹下坐一坐再回家。

今天李雄把腳踏車停放好，就迫不及待地問老阿福：

「阿福伯！今天頂洲里的鴿笭有沒有全部背回去？」

「你也不跟土地公拜拜，就只關心比賽的事？」

「嗨！土地公伯，你好。」李雄還是一副嘻皮笑臉的態度。

「看你！」老阿福也拿李雄沒辦法，他問阿宏：

「有沒有進步？」

阿宏搖了搖頭，他知道阿福伯不是問他成績有沒有進步，而是問左腳的傷勢。都三個月了，怎麼還是不能走路呢？會不會是自己太心急，斷掉的骨頭還沒完全接合之前，自己就利用半夜偷偷起床練習走路而使骨骼始終無法癒合？

阿宏非常後悔自己一時衝動，不聽媽媽的話，以致全家陷入困境，全家人的作息因為他腳傷而失了序；爸爸要加多工作量償付醫藥

費，以前媽媽忙完家裡大大小小的事，幾乎天天用腳踏車載他到鎮上的接骨師那兒換膏藥，現在每天晚上睡覺前還要用熱水替他按摩復健。

眼看著家裡的這一切情況，阿宏就更加傷心與難過。

我的腳真的不會好起來嗎？難道將來我要一輩子靠枴杖走路嗎？我是一個不孝的孩子，我的腳再也好不了了，乾脆不要再敷藥復健了！

我如果不冒雨去放鴿子就好了……。

阿宏的心情起伏不定，想東想西想得入神了。

「阿福伯，你快說，到底頂洲里有沒有把鴿笭全背回去？」李雄沒有察覺到阿宏的情緒變化，只是一直問比賽情形。

「大概有吧！我沒去比賽現場，不太清楚。不過庄頭的王阿發經過這裡的時候說好像又打成平手了。」

「又打成平手？今年怎麼這麼厲害？到現在……我算算……」李雄用小樹枝在地上畫著，一面想一面記錄。

「到現在是第十二回合了，還是打成平手，真是有夠厲害。」

第十三回合上半場選在星期六開戰，這次由頂洲里先到紅茄里來背笭，有幾個笭的尺寸已經大到一尺六分。

比賽現場圍觀的群眾越來越多。

頂洲里的紅腳會吳會長還不時拿著小型擴音器說：

「各位鄉親，拜託你們讓一讓，不要妨礙了比賽，拜託！拜託！如果鴿子飛不過中界線落下來時，任何人都可以抓；但請注意不要踩破人家的屋頂，否則要蓋一棟新屋還人家喔！」

最後一句話說得大家笑了起來，也將比賽的緊張氣氛沖淡不少。

守在中界線附近的人也比前幾回合更多了。

越接近最後決戰的鴿子品種越優良，拍賣的價錢更高，小小的鴿子有時竟然會出價到一萬多元一隻；而且背負的鴿笭尺寸越大，鴿子飛不動而落地的機率隨之增高。所以，每到決戰時刻，大家都往中界線聚攏過去。

上午九點半，時間一到，頂洲里的人打開鴿籠，戰將一亮相，果然隻隻壯碩，頭大胸大，咕咕咕地叫著，一副躍躍欲飛的模樣。

鴿主一一在牠們尾羽上將鴿笭固定檢查好之後，用雙手將鴿子往空中一拋，鴿子順勢沖天飛去，嗡嗡的鴿笭聲跟著響起；大多數的鴿子順利飛回去，有的則飛不遠就栽下來。

大家一看到哪裡有鴿子掉下來，就都往那邊跑過去；有的赤手空拳，有的拿捕蝶網，甚至有人拿著大魚網，形形色色，亂成一團。

這一回合上半場，頂洲里實力雖然十分堅強，但也付出慘重代價，為了背回最後一個一尺六分的笭，竟然派出三十三隻戰鴿才將大鴿笭背回去，光是這一個鴿笭就折損了三十二隻上好的戰鴿。

而且，直到十二點五十分才將鴿笭背過中界線，好險！

明天紅茄里如果無法背回全數的大鴿笭，那今年頂洲里就是名副其實的「三連霸」了。

頂洲里紅腳會的吳會長盤算過，紅茄里今年又是輸定了，他們無論如何也派不出這麼多、這麼好的戰鴿來背大鴿笭的。

星期六晚上，阿宏的爸爸召集所有會腳到家裡來討論明天應戰事宜，結果不樂觀，實際能派上用場的鴿子僅剩八十多隻，大部分的鴿子必須來回兩趟才行。

「怎麼可能背兩趟？第一趟還可以，說不定第二趟就全軍覆沒

了。」

「不可能也要背，輸人不輸陣！明天去試試看；輸就輸嘛，有什麼關係！」

七嘴八舌地開完會，大家都不看好明天的比賽。

偏偏天公不作美，到了半夜又下起雨來。鴿子最怕淋雨，翅膀濕了就飛不動了。

雨在星期日早上停了，但是天氣陰沈沈的，不適合放鴿子。

頂洲里的吳會長打電話給阿宏爸爸，問他要不要延期決賽，阿宏爸爸回答他：如期比賽，不再延期了。

九時半，戰況又起。

紅茄里的機車在巷道竄進竄出，每一戶鴿舍下面都派人守著，他們要趕在下午一點前將所有的鴿笭背回來。

有的飛回來了，鴿主趕緊將鴿笭卸下，又急忙載著鴿子去背第二趟。

有的鴿子落地被捕了，鴿主只能嘆一口氣：「拍賣會上再贖回來吧！」

大多數的鴿主會出價將鴿子贖回來，和鴿子相處久了產生感情，誰都不忍心自己的愛鴿成為別人的下酒菜。

到十二點半了，還剩下一個一尺六分的鴿笭沒有背回來。

為了這一個鴿笭，紅茄里的鴿子還能飛的全派出去了，被捕的多達四十隻。實在派不出一隻能背一尺六分大鴿笭的鴿子了。

「算了！輸就輸吧！」阿宏的爸爸跟會腳討論後，雙手一攤說：「我去打電話給吳會長，跟他說恭喜了。好可惜！就剩下那麼一個……。實在可惜！」

阿宏的爸爸雙手一攤，無奈的拿起電話，正要撥號時……。

「莊會長，等一等，比賽還沒結束呢！」突然有人從外面跑進來向阿宏的爸爸說：「剛剛我看到你兒子和李雄帶著斑哥往頂洲里的方向去了。」

「不行哪！斑哥已經飛兩趟了，再飛一趟豈不是白白送死嗎？快去追回來！」阿宏的爸爸趕緊騎著機車追出去。

到了中界線，他看到阿宏拄著枴杖站在小溝渠的這一邊，抬頭看著天空。

中界線兩旁還是跟昨天一樣擠滿人群。

李雄不見了，大概去了頂洲里放飛地點吧！

十二點五十五分。

天空中沒有鴿子的蹤影，也聽不到嗡嗡的鴿答聲。

說巧不巧，偏偏這時候颳起了風，風中還夾著涼涼的雨絲。好像又要下雨了。

這種天氣最不適合鴿子飛行，斑哥恐怕飛不回來了。

十二點五十六分。

突然一陣騷動，大家一起抬頭看著天空；一陣細微的嗡嗡聲也隨之傳來。

「啊！來了，飛來了！」人群中有人興奮得大叫。

鴿子飛得慢，飛行路線也歪歪斜斜、忽高忽低的。

背上的答太重了，牠也好累好累了，牠背不動，可是牠看到主人就在那兒向牠招手，牠鼓足了力氣，要用盡最後一絲力量揮動翅膀，向前飛呀，向前飛！

「斑哥！加油！加油！我在這裡呀！快飛來我這裡！」

斑哥越飛越近，就快越過小溝渠了，突然——

斑哥翅膀一收，頭下腳上筆直地栽了下來；牠吃力地扭轉身子，翅膀一撐，慢慢站了起來，然後靜靜地停在小溝渠水泥板的這一邊，大夥兒蜂擁而上。

11 藍天鴿魂

「讓鴿子自己走，誰都不許抓牠。」這句話是黑狗說的。

「我再說一遍，任何人不准抓這一隻鴿子。」

斑哥吃力地想抬腳走路，走到牠的主人那裡，可是牠連最後一絲絲的力氣也耗盡了，背上的笭又是那麼的重，牠實在無力移動半分半毫啊！

「斑哥！加油啊！再走一步，再走一步！」

斑哥再度抬起右腳，歪歪斜斜地向前挪了出去。

小溝渠的水泥板不偏不倚地在中間裂了一條細縫，剛好將水泥板分隔成兩半。斑哥背著重重的大鴿笭，一小步一小步向阿宏的方向前進，幾度跌倒又幾度用翅膀撐起。

李雄趕到中界線來，他張大了眼睛看著阿宏。

阿宏吃力地站在小溝渠水泥板這一邊，枴杖被拋在小溝渠土堤下。

「啊？阿宏不必用枴杖了！阿宏能夠自己站著了！」李雄在心底驚呼著，不相信的揉揉眼睛。

老阿福也在田邊的土堤上看到這一幕，他的臉上終於露出欣慰的笑容。

阿宏一小步一小步艱難地移向斑哥，他一心一意想快快扶起愛鴿，想擁牠入懷，好好呵護牠，以後絕不讓牠背這麼重的東西在天空

飛翔。

斑哥紅紅的小腳爪終於踏過水泥板的細縫，之後身子卻慢慢地慢慢地倒了下來，鴿笭壓在水泥板的細縫上。

斑哥的身子一動也不動。

一絲兒紅紅的黏液順著牠的喙緣流了下來，流成一道細細的紅絲線；斑哥的脖子一歪，然後慢慢地闔上眼睛。

阿宏蹲下來，小心地捧起斑哥，他把鴿笭折下來拋得遠遠的。

斑哥的身子慢慢地變冷，變冷……。

阿宏把斑哥抱在懷中，不停地輕撫著斑哥；他輕輕地呼喚著：斑哥！斑哥！

他把斑哥捧在臉頰邊，斑哥卻不再像以前一樣用牠的喙在主人的臉頰邊磨蹭，他再也聽不到斑哥可愛的咕咕聲。

阿宏的眼淚流了下來，滴在斑哥的胸前。他抬頭望著藍藍的天空……。淚光中，阿宏看到斑哥輕盈的飛翔在藍天白雲間。

斑哥的身上沒有鴿笭；張開的翅膀下，斑點好大，好清楚。

斑哥越飛越高，越飛越遠，終於沒入雲端。

作者簡介

毛威麟，民國三十六年生於珊瑚潭畔的小村落，師範畢業後亦選擇在珊瑚潭畔的小學教書，一直喜歡過著山邊和水畔的生活，喜歡看電影和小說。現任台南縣新山國小校長。

曾獲洪建全教育文化基金會創作徵文第八屆、第九屆佳作獎；台灣省教育廳兒童文學創作比賽多次得獎，其中以《垃圾山上的魔王》獲得第一屆社會組第一名，《過山蝦要回家》獲得第十屆首獎。

繪圖者簡介

徐建國，台灣新竹人。目前專心從事兒童插畫創作及兒童刊物插畫。喜歡到外面看看走走，更喜歡製作模型、標本，沒事愛做白日夢、幻想繪畫題材。

九歌少兒書房 139

藍天鴿笭

定　價：170元

第35集　全套四冊680元

作　　者：毛　威　麟
繪 圖 者：徐　建　國
發 行 人：蔡　文　甫
發 行 所：九歌出版社有限公司
臺北市八德路3段12巷57弄40號
電話／02-25776564・傳眞／02-25789205
郵政劃撥／0112295-1
登記證：行政院新聞局局版臺業字第1738號
網　　址：www.chiuko.com.tw
門 市 部：九歌文學書屋
臺北市長安東路二段173號（電話／02-27773915）
印 刷 所：崇寶彩藝印刷公司
法律顧問：龍躍天律師・蕭雄淋律師・董安丹律師
初　　版：2004（民國93）年7月10日

ISBN 957-444-146-6　　Printed in Taiwan

國家圖書館出版品預行編目資料

藍天鴿笭／毛威麟著；徐建國繪. --初版. --臺北市：九歌，2004〔民93〕
面；　公分. --（九歌少兒書房. 第35集；139）

ISBN 957-444-146-6（平裝）

859.6　　93009339